FLORET
READING

小花阅读

我们只写有爱的故事

青春阅读　幸得相见

有爱的青春陪伴者

甜甜的风，喜欢的你

有三 著

河北出版传媒集团
花山文艺出版社
河北·石家庄

有 三

小 花 阅 读 签 约 作 者

一个站在理性和感性中间的矛盾体，

对这个世界充满好奇心。

喜欢下雨天和下雪天，喜欢檀香和柑橘肥皂的味道。

超积极韩剧迷养生少女，

梦想成为讲"小人物"故事的作家。

新浪微博：@有_三

目录
contents

/Chapter 01/
天才少女姜柚一
.001.

/Chapter 02/
月光里的少年
.022.

/Chapter 03/
好兄弟,我心疼你
.047.

/Chapter 04/
藏匿在漫长岁月里的幸福
.071.

/Chapter 05/
巴厘岛中奖之旅
.093.

/Chapter 06/
你待在原地,我来找你就好
.121.

目录 contents

/Chapter 07/
只臣服于自己
.145.

/Chapter 10/
你还抢了我喜欢的女生呢
.230.

/Chapter 08/
那就约定好了啊，
不要逃跑
.166.

/Chapter 11/
用你喜欢的方式
去爱你
.259.

/Chapter 09/
表白，牵手，接吻，
到底进展到哪一步了？
.205.

/Chapter 12 /
那你到底是
喜欢嘟嘟还是我
.276.

第十一届射击选拔大赛的现场。

所有评委都在议论着，赛场上连续打破三次纪录的天才少女能否再次创造奇迹。宣布比赛开始后，她自然而然地成了摄影机的焦点，出尽了风头。场上从 A 到 H 共八个射击位，站在第四位的姜柚一便是打破三次预留冠军成绩的天才少女。除了身后的媒体时时关注着她的动作，比赛的对手也是步步紧逼。

六发子弹已经打出四发，八位选手的成绩不相上下，六发过后便是淘汰赛制。坐在教练席的林霍不禁替场上的柚一捏了一把冷汗。柚一的第五发子弹迟迟没有射出，她紧闭双眼，丝毫不在意周围逐渐升腾起议论纷纷的话语声。

她能感受到自己的呼吸和心跳声，冷静过后的她寻找着身后的林霍。四目相对后，她的嘴角染上浅浅的笑意。重新抱起气枪的柚一像得到什么启发般，无间断地连发两枪后开始与对手成绩拉开距离。少女的脸上写满笃定与决绝，每一发都稳稳地击中十米外不到六厘米宽的靶纸上最接近靶心的位置。

淘汰赛开始后，场上的对决开始紧张了起来，每两发淘汰一名

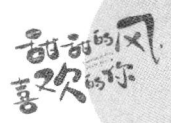

选手的速度,最后场上就只剩下柚一和一个比她年长的女孩子。对方因紧张额头上不断冒出汗珠,被赛制眼镜遮挡板限制了视线的柚一相比对手情绪平静很多,她握紧手里的气枪,随着呼吸的动作打出最后一发子弹。

解说员 A 的声音紧跟在柚一动作结束后响起:"姜柚一最后一发子弹是 10.6 环,很稳。"

解说员 B 也对柚一的成绩做出评价:"她对自己的情绪和优势都拿捏得很到位,丝毫不慌。"

解说员 A:"好,让我们来继续看看场上的情况。"

解说员 B:"9.4 环,看来是有些慌了。"

解说员 A:"这次的比赛冠军仍然是姜柚一,恭喜她。"

解说员 B:"刚才评委老师也说这次她又用自己的成绩打破了上次的冠军纪录,姜柚一不是在和谁比赛,是在挑战自己的极限,她的未来值得我们期待……"

结束比赛的姜柚一揉着脖子,半眯着眼跟在林霍身后,记者们举着话筒蜂拥而来,将摄像机和话筒全部凑到她面前。

"姜柚一,对于这次比赛你有什么想说的吗?"

"刚才解说员说你是在挑战自己,请问你是不是很瞧不起其他选手?"

"……"

柚一推开所有的话筒带着歉意的笑容点头离开,转身刚想走就被前面忽然出现的话筒拦住去路："你有没有下一阶段的计划呢？"

"计划？"柚一驻足回眸一笑，"想退出比赛。"

"退出比赛？"

少女幼嫩白净的脸上露出笑容："嗯。"

一时间这个消息轰炸所有媒体。

一星期后。

凌晨三点，墨黑色的天空中一抹亮白的光线初露天际。

躺在床上的躯体动了动，口中干涩的她最先伸出手臂去寻找水源，小臂胡乱拨弄将桌角的闹钟碰倒径直砸在了自己脸上。

"谁啊？袭击我？"她迷迷糊糊地从床上爬起来，环视着空无一人的房间。

窗外传来窸窸窣窣的声音，她捧来一杯水打开窗，感受着立秋之后的空旷和寂冷。雨天是她最喜欢的，尤其是濡湿泥土洗净尘埃，飘散出的清香。

她，姜柚一，体育运动训练中心少有的女射击手，连破三次纪录的天才少女，这些美好的辞藻对现在的她而言不过都是过眼云烟。

退出射击圈的她，在林霍赶她出门前选择自己离家出走。从没有叛逆过的柚一仿佛打开了新世界的大门，体会到从未感受到的情绪。

马路的灯光被雨丝遮遮挡挡留下几块光斑落到消瘦的脸庞上，她睡眼蒙眬地注视着窗外的雨幕，吹进来的风撩动着她额前的发，

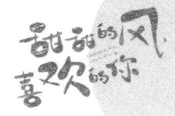

木讷地胡乱抓一把又沉沉睡去。

　　天空中浮着铅灰色的薄云，细密的雨丝毫不懈怠地投身大地。柚一撑着伞走过小巷，止步在一家不起眼的面包房。她收了伞，小心翼翼地甩了甩水珠。

　　面包房里三三两两的人，头顶的音响播放着男声低淳的情歌，身侧橘黄色的灯光打在一个个松松软软的面包上。刚刚出炉的杏仁面包诱人的味道刺激着她的味蕾，裹满糖霜烤得焦黄的面包蓬起身子被放进透明的袋子里，递到她的手里。

　　柚一翻翻口袋里仅剩的四十块钱，两片柳叶般的眉毛微皱，一双乌黑的眸子里增了些不明的情绪。她弯着唇，把一张皱皱的二十块递给老板。

　　看来，这场离家出走就要以资金短缺而提前结束了。

　　她撑着伞踏在石板路上，坑坑洼洼的路面上的积水沾湿了她的裤脚。她低着头认真想着对策，丝毫没注意前方不远处向她驶来的自行车……

　　被甩出去后自行车还在转动着车轮，瘫坐在地上的柚一扶着腰恶狠狠地扭头瞪着同样摔在地上的男生。

　　"嘶……"

　　瘫坐在地的少年闻声抬头寻找，恍惚间撞上一双清澈发亮的眸子，他呼吸一窒，心跳不由得漏了几拍。

　　柚一轻松地从地上弹起，目不转睛地盯着害她摔倒的罪魁祸首，见他迟迟不起，上前问："你没事吧？"

少年摇摇头，手按在身后的地上想要支撑着起来，雨后沾着水的石板有些打滑，用力的同时又重重地摔了过去。正当他尴尬的时候，对面伸过来一只瘦小的手，骨节分明，他犹豫地搭上去，轻轻松松就被拉了起来。

"看起来瘦瘦小小的，原来力气这么大啊。"

他本以为是自己在心头暗暗嘀咕的，一不留神，竟从嘴里说了出来。

柚一本就皱着的眉毛又紧了紧，声音寡淡清凉："我的面包，你怎么赔给我？"

看着散落在地上被雨水打湿的面包，他下意识地去摸钱包。

空无一文的钱包，让盯着他钱包的少女发出了小声的啧啧声。

"你把联系方式给我吧。"他摸索出口袋里的手机，仰起头问，"微信、QQ、手机号都可以。"

"嗯……"

柚一打量着对面的男生，眉清目秀，穿着也干净得体，不像是坏人，但毕竟还是陌生人。

她的视线落在男生的脸上，犹豫不决。

"嘿！"

男生伸手在她眼前晃了晃，她缓过神，抬眼。

她漫不经心的一眼盯得少年半空中的手微颤。

狭窄的巷子里传来货车的鸣笛声，对声音高度敏感的柚一身体

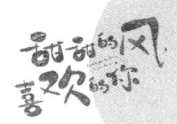

本能地做出反应——她拍开男生的手臂,紧紧抵住他的身体,迫使他向后退了几步。

男生不知所措地左右乱瞟,雨下得似乎比刚才更大了一些,少女淋湿的发丝在他的胳膊上摩擦。他望着身前的少女,她鼻子上的一颗痣仿佛长进他的心里,熟悉又恍惚。

盯着货车转头的柚一忽然感觉到鼻梁上一股温热,她惊诧地回过头,对上一双深邃又澄澈的眼,透过那里,她可以看清自己的模样。

她率先收回视线,松开扣在他小臂上的手掌:"对……对不起,本能反应。"

"没事。"他低头窃窃地笑,头发上的水珠顺着他的颊边滑落,"你的联系方式?"

他温柔磁性的声音在冰冷的雨声中更加突显悠闲的惬意,柚一想了很久才找出足以形容的句子——

那是温柔到骨骼里直击灵魂的声音。

北方入秋后的天气像极了青春期的少女,阴晴不定,跌宕起伏,刚才还逐渐转小的雨点转眼就变得滂沱。

柚一从口袋里翻出手机,风卷着雨点狠狠地打在她的身上,额前的发丝搔弄着她的皮肤,痒痒的。她仰起头甩了甩濡湿的秀发,刚捧起手机就被一只白皙修长的手拉得跑了起来。

"雨下得太大了,先躲一躲吧。"他拉着她躲进房檐下,干净利落的短发软软地贴在头皮上,他轻轻的呼吸声紧紧缠在柚一的耳边。

豆大的雨滴砸在地面上,自行车被扔在一旁迎接着雨水的清洗,一阵清风拂过,柚一全身细胞都在瑟缩着收紧。柔软细腻的毛巾忽然盖在她的头上,她回过头瞥了一眼,淡淡说了句谢谢便又转了过去,动作缓慢又轻盈地揉搓着头发。

"你在哪儿拿的毛巾?"少女擦头发的手停在半空中,眼神落在男生手里的温水上,咽了咽口水。

"我跟面包店老板借的。"

"面包店?"柚一扭过头经过反复确认,这的确是她刚才到过的面包店,早知道她就应该撇下这个莫名其妙的人自己来避雨。

"你肚子饿不饿?"

柚一摇头,又紧接着点头:"可你不是没有钱嘛,你不会想让我请客吧?"

他望着她脸上极其不悦的表情,故意装出可怜巴巴的表情:"不行吗?"

"当……当然不行啊。"

以为装无辜就能让她倾囊了吗?她口袋里的钱是她最后的余粮,怎么能轻易交出去!

灼灼的目光盯得她脸上发烫,终于抵挡不住少年祈求的眼神,她别过脸小声说:"不可以买太贵的。"

"什么不能买太贵的?"男生咀嚼的模糊话音传进柚一的耳朵里,他正拿着蒜香面包不慌不忙地往嘴里送。

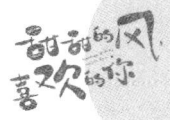

柚一看到他手里的面包，狐疑地问："你不是没钱吗，哪儿来的面包？"

"虽然我没有钱，但是我有银行卡啊。"他松垮地坐在店门口的椅子上，将嘴巴塞得满满当当。

"那你刚才不早说，还在浪费时间纠结怎么赔我的面包。"感觉到智商被按在地上摩擦的柚一嘟囔着，"算上你欠我的，我都要吃回来！"

"你也没问过我啊。"

"哦，提前打个招呼，一会儿结账的时候可别哭哦。"

一通吃吃喝喝下来，柚一满足地仰靠在椅子上拍着鼓起来的肚子。

面包店里没什么人，老板怕店里仅有的两个顾客无聊便打开了悬挂在墙上的电视。

"上周第十一届射击比赛圆满结束，被誉为'天才少女'的姜柚一忽然决定退赛，究竟是……"

电视机里主播冷冰冰的声音响彻整个房间，柚一歪着头嘴角含笑地看着。

"你说，一个人为什么会被这么多人观察着、记录着？"柚一盯着电视上的报道，突然开口。

"你在跟我说话？"

柚一的目光落在男生的脸颊上，微微颔首。

男生的眼角微微弯起，白皙修长的手握住桌上的玻璃杯，思考了好一会儿才回答："一天的时间偶尔都会感觉很短，从早忙到晚，等人离开之后却留不下一丁点活过的痕迹。至少出了名之后，子孙后代还能在百度上查到自己的名字。"

他的回答很独特，她笑问："普通人就不能留下痕迹吗？"

"可以啊，多写一些私家秘方，拍一些照片或者是保持身心健康见证每一代的诞生。"

"好主意，看来我也应该准备一下。"

他笑得弯起月牙眼，打趣道："姜选手退赛就是为了写私家秘方？"

柚一淡淡地瞅了一眼坐在对面的人："私家秘方是刚才你说的可不是我——你怎么知道……"

"拍你的那家媒体的摄像机像素真好，你认识吗，让他把摄像机的型号告诉我呀。"

"……"

他脸上的笑意溢出，似乎是故意捉弄她。她倒也不气，头撇向一旁望着窗外的雨，屋檐上悬挂的雨滴掉落在水洼泛起一阵涟漪。

"我总觉得你眼睛里好像在讲什么故事。"

声音离她很近，她本能地回头，却和他鼻尖碰到一起。

他弯着身子微微前倾，柚一放在腿上的双手紧紧抓着衣角，指尖因为用力微微发白。忽然靠近的人偏头凑到她的耳旁，气息打在她的耳郭，羞红了她的脸庞："告诉一个人名字就代表开始认识，

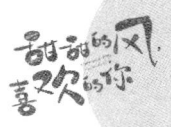

和一个人熟悉可以是一瞬间的事,也可以是一辈子的事,我期待我们是从一瞬间变成一辈子。我叫浦昭,很高兴认识你,虽然可惜但是我现在必须要去解决一些事情,下次见。"

浦昭离开很久后,他身上柠檬与薄荷的香气还存留在柚一的记忆里。她起身离开时才发现雨已经停了,逐渐放晴的天空很像她现在的心情。

她有些期待和浦昭的下一次相遇呢。

已经是傍晚时分,天际线上还残留着夕阳的余晖,迎面而来的风裹着冷涩的苦味,柚一将露着的几寸肌肤藏进单薄的T恤里,才发觉身上的衣服皱巴巴地卷在一起。

"嗒嗒嗒嗒嗒嗒……"

孩童稚嫩的声音从游戏厅里传来,柚一随意瞥了一眼店门口的公告,走出三步后突然愣在原地,然后又返了回来盯着公告一个字一个字地读:

"本店开业,游戏关卡任意一款通关者可领取奖金一千元,本店设有:大型射击游戏、极地疯狂赛车、森林舞会……"

柚一的眼睛停在一千元奖金上迟迟未动,口袋里只剩下二十块,对于一个需要解决一日三餐的人来说,这无疑是机遇之神波洛斯伸递过来的橄榄枝。

"老大,你慢点,我跟不上了。"

"你走快点,我们是要去赢奖金的,晚了就没有了!"打头的小男孩说道,看他身上穿着校服,肩上蓝色的书包,还有胸口戴着"承希小学"的身份牌,就知道这些孩子是隔壁小学刚刚放学的孩子。

"好像有点意思。"柚一饶有兴致地勾起嘴角,"那,我也去看看!"

柚一小跑着跟上几个孩子。

射击比赛的厅室里目光所及熙熙攘攘,工作人员给柚一做好登记后带着她走进一个单独的射击比赛场地。

"比赛时间为十分钟,环数累计相加得分最高即为胜出者,参赛者分成了四组,每组的胜出者会继续参加下一轮的决赛,直到最后冠军的产生……"

工作人员简单说明后便开始了比赛,柚一熟练地操控着手里的游戏枪,每一发都命中靶心,引得旁边掌声和惊呼声频频响起。最后的决赛只剩下柚一、蓝书包小学生和一对情侣,工作人员宣布比赛规则,考虑到四人当中有两个是情侣,所以向柚一和蓝书包小学生提出以小组的方式进行比赛,奖金也会以当初承诺的给予。

"哎,阿姨没想到你这么厉害啊!"蓝书包小学生凑到柚一跟前,"不过那两个人可不好对付,我两个朋友都被那两个人打败了。"

"你要叫我姐姐,我没那么老。"柚一半蹲下身子捏着蓝书包小学生的小脸,眼睛落到他的身份牌上,"马……泽童小弟弟,你这么说是不是担心自己单人赛会输啊!"

那孩子推开柚一的手,眨巴着大眼睛:"我……我只是希望两全其美,而且我们两个谁的技术更好还不一定呢!"

"小孩子如果害怕就老老实实地说自己害怕,然后让大人帮忙。"

"不要算了,当我没说。"

柚一"啧"了一声,怎么觉得这小家伙臭屁的样子有点眼熟?

她盯着马泽童,他小小的脸颊上带着一点婴儿肥,皮肤白皙还透着红润的光泽,浅褐色的瞳孔时不时还会对人发出让人心神荡漾的信号。

长大之后他会成为很多少女的暗恋对象吧?柚一暗暗地想。

"我和这个姐姐组队。"马泽童举起手。

"好,我这就去通知参赛人员,马上为你们安排比赛设备。"

柚一的脸上划过一抹狡黠笑容,她弯下腰凑到马泽童耳边:"其实你是害怕的对吧?"

"我才不害怕,我只是怕你输。我进门的时候就发现你盯着公告牌发亮的眼睛了,我这叫'成人之美'。"

马泽童的话倒也不差,只是这么快就被一个小学生看清真面目,柚一心里隐约还是有一点不畅快。

情绪来得快,散得也快,她的手握成拳伸到马泽童面前:"提前预祝我们合作愉快。"

"合作愉快。"

马泽童小小的拳头和她的拳头顶在一起,让她燃起被闲置许久的斗志。

两组人分别站在不同的游戏机前，柚一活动着肩膀，戴上游戏机的VR眼镜进入角色。双人的射击比赛与单人的比赛大相径庭，单人模式的打靶模式在双人战里依旧是打靶，但可以更换射击方式，不仅考验两个人的默契程度、射击准确度同时也考验反应能力。

"后面！"柚一率先发现了队友身后的怪物并打中了它身上的靶子。

"左面，左面啊啊啊！"马泽童一边喊叫着，一边疯狂地输出。

柚一看着游戏机屏幕上出现的MVP字样，对旁边的马泽童淡淡地说："有两把刷子嘛。"

"你打得也不错，虽然我不是很想承认你的实力，但你确实不是一个猪队友。"马泽童脸颊有些红扑扑的，收起了刚才不屑的态度。

站在马泽童身后的两个孩子不可思议地议论起来：

"刚才那话确实是老大说的吧，第一次听老大因为打游戏夸别人。"

"对，每次和老大打游戏不是被骂就是被拉黑从来没有被夸奖过。"

"你们两个！"马泽童扭头瞪着身后的跟班。

见状，两个孩子紧紧地闭上了嘴。

比赛结束后，工作人员统计两组的结果之后宣布柚一、马泽童这组胜利，两个人美滋滋地去前台领取了奖金。

"看起来不大的小豆丁原来是靠实力吃饭的。"柚一心情很好。

马泽童从口袋里掏出两颗糖果，递到柚一面前一颗："当然，

我是靠实力吃饭的!"

柚一把糖果塞进嘴里,酸酸甜甜的味道绽开在舌尖上。她点了点头满足道:"好吃。"

"我看天不早了,姐姐住在哪里?我送你回去吧。"

他一本正经的表情逗笑了柚一。

"不用了,我自己回去就好,你乖乖写作业吧。"

马泽童摇摇头:"妈妈说女孩子是需要保护的,不可以让女孩子单独回家,所以我还是送你回去吧。"

"呃……这个……"柚一看着这个只长到她腰高的小孩子不知道该怎么拒绝。

"走吧。"他拉起柚一的手就往外走。

下过雨的道路有些湿滑,小男孩牵着柚一的手小心翼翼地走在路上。

"柚一姐姐,你平时经常打游戏吗?"

"嗯,喜欢。"

"那下次我们一起打别的游戏吧,怎么样?"

"哦,这个嘛,"柚一抬头望着天空被阳光染织的颜色,"可以啊,我到家了。你快回去吧,不要让家里人担心,拜拜。"

看着柚一的背影,小男孩举在半空中的手臂还没放下,嘟囔着:"是个有趣的姐姐呢。"

"嘟嘟!嘟嘟!"

不远处传来呼声。

小男孩望着跑过来的少年咧嘴一笑:"你来了啊,浦昭。"

"不是说好在游戏厅等着吗,怎么乱跑啊?"少年的衣服上沾着一些泥点儿,边缘处有的已经干透。

"送女孩子回家啊,这是最基本的礼貌啊。"大名"马泽童",外号"嘟嘟"的小男孩耸了耸肩,然后往反方向走去。

"什么女孩子?"浦昭疑惑,转头的时候才发现嘟嘟已经走出很远了,"哎,你等一下我啊!"

路边橘色的灯光从窗边挤进房间,空荡荡的房间在黑暗里显得更加寂静空旷,坐在沙发上靠了没一会儿的柚一就被对面楼层点亮的灯光吸引了过去。正对着她的那户人家人影来来回回似乎正在准备吃晚饭,她望着对面温馨的人家嘴角不自觉地上扬起来。

灯火通明的一户人家中,饭菜香味早就把小馋虫引到了桌子前,浦昭端着最后一个菜放在了桌子上,嘟嘟拿着筷子迫不及待地朝散发着热气的菜肴伸去。

"作业写完没有?"

嘟嘟摇头:"没有。"

"还差哪科?"

"英语?数学?还有语文吧。"

"一共就这几科留作业,你告诉我你写啥了?"

嘟嘟撇嘴往嘴里扒饭:"不会嘛。"

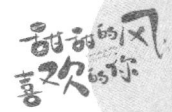

"你真是我的好舅舅啊!我怎么就非要照顾你这个小屁孩,每次惹事被叫到学校劈头盖脸骂一顿的是我,作业写不完模仿你的笔迹连夜给你完成的也是我,我还得管你这个小鬼头叫舅舅……"

面对浦昭的抱怨,嘟嘟伸出手抚摸着他的头:"辛苦你了,照顾我真的辛苦你了,一会儿就帮我把英语作业写完吧,谢谢。"

浦昭看着嘟嘟人畜无害的样子,狠狠咬着牙。他绝对绝对要在爸妈面前揭穿这个小鬼的真面目!

正准备将菜放入嘴里的浦昭,口袋里传出手机铃声。

是个视频电话。

浦昭接起:"喂?"

"浦昭哥哥,我找老大。"视频里忽然出现一个长得圆头圆脑没有门牙的孩子。

浦昭将手机一递:"找你的。"

嘟嘟接过浦昭的手机:"小易啊,怎么了?"

"老大,我还是很好奇,你为什么会主动送女孩子回家?"

"我老妈说过,无论早晚都不能让女孩子一个人回家,这代表的是一个男孩子对女孩子最基本的礼貌。"

"哦哦,我学到了。"小易点着头扬起一个笑脸凑近手机屏,"那老大以后也送我回家吧,作为一个男孩子对男孩子的礼貌。"

"赶紧去写作业吧你,明天我还得借……"嘟嘟意识到自己的下半句话有些不妥,噎在了喉咙里,瞟了一眼旁边,见浦昭正在吃饭似乎没注意,才安下了心。

"知道了，明天我一到就把英语作业拿给你抄。"谁知猪队友小易马上脱口而出。

嘟嘟讪讪地吐出两个字："完了……"

"马泽童！"果不其然，抄作业的事情被浦昭发现了，正瞪着他。

"你可真是我的好兄弟，明天我再跟你算账，先挂了！"嘟嘟飞快地按下挂机键。

"马泽童，你没什么想说的吗？"浦昭很严肃的样子。

嘟嘟无辜地抬头看他："我是你可爱的小舅舅！"

"揣着明白装糊涂是吧。抄作业的事情怎么回事？"

"就是借鉴一下，没那么严重。"

"马泽童，我可警告你，要是我因为这件事情被叫去老师办公室，我就……"

嘟嘟摇晃着脑袋，嘴上学着浦昭的语气："我就告诉你爸妈！"然后撇嘴，"反正不就是跟我老妈抱怨几句，他们很忙没有时间管我的。"

"臭小子，我可是说到做到的。"

嘟嘟把碗筷规规矩矩地放在桌子上，抹了抹嘴上的油："我吃完了，你慢慢吃吧。"

收拾好碗筷的浦昭还是不放心嘟嘟，转身去嘟嘟房间检查作业。

结果，平日里不是不写作业就是草草了事的嘟嘟今天难得全部做对了。

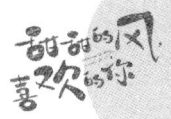

"检查完没有?"嘟嘟把削好的铅笔放进笔袋里,转头问盯着作业本足足五分钟的少年。

"嗯,做得不错。"

"那当然!"

"写完作业了,那就准备去洗澡吧。"

回到房间的浦昭见到书架上空出来的位置,气冲冲地返回嘟嘟的房间,责问:"你是不是又翻我房间的书了?"

嘟嘟从书桌的抽屉里拿出一本边缘有些泛黄的书放在桌子上,阅读起来:"第一章——女:'哦,我亲爱的,你爱我吗?'男:……"

"马泽童!"

"浦昭啊,拜托你像个正常人吧,每天只沉浸在这种书里怎么行,去正儿八经地谈场恋爱吧,多大的人了还不让人省心。"

浦昭铁青着脸,他今天居然被一个刚刚上小学三年级的小鬼教训了!成天提心吊胆地担心这小鬼在学校里犯错,他被找去谈话,现在居然被小鬼说教,他今天必须和这小鬼坐下来好好聊一聊!

等浦昭决定好,反应过来的时候,嘟嘟已经去卫生间洗澡了。

洗完澡出来的嘟嘟想用毛巾擦干头发,却怎么也弄不好,心烦意乱地喊:"浦昭,毛巾欺负我!"

"我看你欺负它还差不多。"浦昭拿过毛巾在嘟嘟头上摩擦几下,"这样不就好了。"

嘟嘟看着镜子里的自己,点头自夸道:"嗯,越看越帅。"

"帅的人可是很早就睡觉了。"

"那我也要去睡觉了。晚安，大外甥。"嘟嘟穿着睡衣小跑着离开卫生间。

本以为今天晚上可以睡个好觉的浦昭，在洗澡出来看到站在门口抱着鲸鱼玩偶的嘟嘟时，美梦彻底打碎。

"浦昭，我害怕打雷。"

"知道了，上床等着去吧。"

"那你要快点哦。"

"嗯。"

"真的要快点，不然嘟嘟会害怕的。"

"知道了。"

拿出吹风机吹头发的浦昭感觉到身后有人抱着自己，不用想也知道是那个刚刚还在撒娇的小奶包子。

"嘟嘟啊，"看着"包子"瞌睡的样子，浦昭叹了一口气，"过来我帮你把头发吹干。"

细细软软的头发很快就被吹干了，嘟嘟坐在浦昭的脚上抱着鲸鱼玩偶睡着了。浦昭抱起嘟嘟放到床上给他盖好被子看着他熟睡的样子好像刚才生的气已经烟消云散了。

他始终记得嘟嘟第一次见到他害羞得直往妈妈身后躲的样子。因为父母工作的原因，嘟嘟被寄养在这里，时间过得很快，嘟嘟已经从一个会害羞的小奶团子长成了一个会气人的小奶包子。

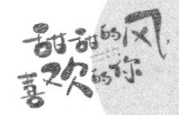

睡梦中的嘟嘟呢喃着:"浦昭,浦昭,你为什么还不谈恋爱啊?"

"你管我!"浦昭轻声回应。

"要找一个漂亮善良的女朋友哦。"

"臭小子要求还挺多!"浦昭嘴上虽然嫌弃,心里却感动起来。

嘟嘟挠着脸颊,翻身放了一个屁:"不然生出来的孩子会像你一样难看的!"

"我居然会被这个臭小孩感动,天啊,我一定是疯了!"浦昭掩上嘟嘟的房门,关了灯回到自己的卧室躺在床上闭上眼。

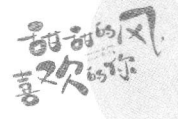

凌晨，路灯微亮，夜色浓黑。

某个房子里，传出各种声音：玻璃破碎的声音、低声抽泣嘶吼的声音、急促的呼吸声。

"哭什么，我还没哭呢。什么叫作你不想参加比赛了？"林霍紧锁眉头，语气不善，"训练辛苦，想休息，给你放假给你时间休息，好不容易才有了今天的成就……"

"你问了我也没办法解释，如果你站在我的角度思考，你就知道我在害怕什么、恐惧什么。"

"我当然不能理解，放着好好的前途不要非要放弃。你要放弃，得给我拿个理由出来！"

"没有理由，这就是我的理由。"柚一红着眼睛，几乎是嘶吼着说了出来。她喉咙发涩，那里有一句话卡着，却怎么也吐不出来。

面对少女无厘头的要求，林霍始终摸不着头绪，缄默着，面前精心准备好的菜肴早已丧失了它的魅力，摆在桌上默默散去热气罢了。

"我们现在不适合交谈，我真的太累了，放过我吧！"柚一撇下一句话便摔门而去，只留下林霍佝偻着身躯在灯光下沉默。

"嗯……"黑暗里缩成一团的人发出低哼的声音。

因为疼痛蜷缩成一团的柚一终于挺了过去，逐渐舒展身躯，额角的秀发和背后的衣衫已经濡湿，紧紧地贴在皮肤上。

她给自己倒了一杯温水，喉咙滚过一阵暖意，紧蹙的眉头稍稍舒展。被疼痛遮盖住知觉的四肢逐渐恢复，趁着痛觉暂缓还未到达大脑皮层，她立即决定出门看诊。

柚一本以为自己是坚强的，直到冷瑟的风向她袭来时，她才意识到自己也是渴望被疼爱的小孩。风吹得她眼睛发涩，滚烫的泪花掉落出来，顺着皮肤的纹理下落，她没好气地抹了一把吸了吸鼻子把眼泪硬生生地憋了回去。

经过各种诊察和化验最终确定为急性肠炎，拿着一堆化验单子去结账的柚一几乎掏空了口袋里的所有钱，就连赢来的奖金也所剩无几了。

从医院出来的柚一汇入上班的人流中，逆行而上。向她投过来的目光有疑惑，有打探，有羡慕……还有不解。人们的本能是伪装，即使脑海里一片惊涛骇浪，表面上看起来依旧可以波澜不惊。那些视线固然炙热，固执的柚一却连眉头都没有皱一下。

太阳不情愿地在天空中打了卡便回家继续睡回笼觉了，乌云很快便拉帮结伙地盖住天空上的蓝，整个天空都被灰色的密网笼罩。

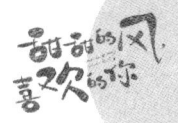

压抑，沉郁。

她求救般地逃离，回想起刚才那些带有侵略性的眼神，还是觉得触目惊心。

没有日光笼罩的天空显得有些单调，灰白色的云层挤在一起，吵闹着、拥挤着。微风拂过，吹动干枯树枝上的几片枯叶，沙沙作响。

"浦昭你怎么还不找女朋友？"

"浦昭你怎么长这么丑？"

"浦昭你以后的孩子是不是也像你一样丑？"

"……"

闹钟刺耳的声音将被噩梦缠住的人一把拉出沼泽，浦昭挣扎着起身，抓了一把乱糟糟的头发："做个梦还能被那个臭小子欺负，啊——嘟嘟，真的是……"

刚好路过的嘟嘟听到自己的名字，打着哈欠推开房门眨着无辜的大眼睛望着他，问："你找我？"

"没有，赶紧去洗漱！"

"哦。"

坐在餐桌前的浦昭一直在偷瞟乖乖吃饭的嘟嘟，被发现之后还要装出一副无所谓的样子移开视线。

"你有事啊？"嘟嘟抱着牛奶喝了一大口，眼睛看着别扭的浦昭。

"没有。"

"哦,我吃好了,去上学了。"跳下椅子的嘟嘟准备去背书包。

"嘟嘟。"

"啊?"嘟嘟转头看浦昭,浅褐色的眸子里波动着灵动的水光,像一块成色上好的琥珀。

浦昭吸了一大口气鼓足勇气问了出来:"你真的觉得我很丑吗?"

"不丑啊,但还是没有我帅。"嘟嘟挑了挑眉毛展示自己的魅力,"我吃饱了,我要去上学了。"

起床气还没有散尽的浦昭呆呆地目送嘟嘟出门,眼睛懒洋洋地瞥到墙角上的时钟,慵懒的少年意识到自己将要迟到立马精神抖擞起来,换好衣服洗漱完毕,咬着面包片拿着车钥匙就往外跑。

人挤人的道路上,嘟嘟夹在中间不知道被谁挤了一下,撞在了一个厚实的背上。嘟嘟背着书包仰头望着前面个子高高壮壮的学生,不禁张大嘴巴,小声嘟囔:"和一堵墙一样!"

那高壮的学生不知道是不是听到了嘟嘟的话,转过身子恶狠狠地盯着嘟嘟,手里拿着的烤肠被他一口塞进嘴里,他一边嚼着香肠,一边气势汹汹地靠近嘟嘟,每一步都像是在示威。嘟嘟僵在原地像一尊石像,一动不动。

最后,那高壮的学生朝嘟嘟身后的小贩一笑,说:"阿姨,给我一个芝士热狗。"

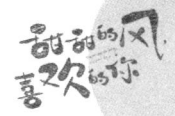

嘟嘟扭头看着那高壮的学生,愣了愣神。对方发现正在看他的嘟嘟,问道:"你也要吃吗?"

"不用了,你慢慢吃吧。"嘟嘟想起刚才对方凶狠的模样,不禁在心里打了个冷战。

嘟嘟一边摇头,一边抓紧离开。

柚一揉着微微疼痛的肚子伸手推开药店的大门。

因为吃了太多面包导致拉肚子,她一大早就跑来药店买药,拎着药走出来时正好遇到要去上学的嘟嘟。

"马泽童小弟弟?"

嘟嘟回过头看到柚一时脸上笑开了花:"柚一姐姐?你怎么会在这里呀?"

看到柚一手里的药,他又问:"不舒服吗?哪里疼?"

"现在已经没事了,要去上学吗?"

"嗯。"嘟嘟点点头,"姐姐不舒服就要早一点回去好好地休息,煮一点粥吃暖暖肚子哦。"

嘟嘟一边说,一边比画着,小小的脸上带着一层薄红。

"老大!"一只小手拍在了嘟嘟身上,"今天第一节课是英语,老大今天抄英语作业的时候得快一点,不然会被骂的。"是小易。

嘟嘟有些尴尬地看着柚一,然后捂住了小易的嘴:"怎么会,我可是最喜欢学英语呢!柚一姐姐生病了就要多休息哦,我还有点事情就先走了。"

他走出去几步又回头:"姐姐以后可以叫我嘟嘟,听着亲切一些。"

柚一朝嘟嘟挥挥手:"嗯,好,要好好学习哦。"

"有时间我们再见哦。"嘟嘟一边拖着小易往前走,一边扭头对柚一说。

被捂住嘴巴的小易不解地看着嘟嘟:"唔唔唔……"

"啊,抱歉啊朋友。"走远了,嘟嘟撒开手,拍了一下小易的肩膀。

"老大你怎么这么奇怪,你不是最讨厌英语的吗?"

嘟嘟语重心长地说:"有些时候男人就是要说一些不得已的谎话。第一节就是英语课吧,我作业还没写呢,快把你的给我抄抄!"

望着嘟嘟的背影,柚一自言自语般嘀咕:"真是可爱……"

便利店的货架上整齐地摆着各类饮品,柚一站在一排酸奶前思考着买草莓味还是原味,肚子里隐约传来的疼痛让她一下子清醒过来,拿了林霍爱吃的面包又在柜台前买了现熬的粥。结完账,她这才慢悠悠地去等公交车。

出门后,她被太阳晃了眼,下意识地伸手挡在眼睛上方。她一边张望着路过的公交车,一边慢悠悠地咀嚼着粥里的米粒。吃完最后一口,她将杯子丢进垃圾桶,这才看到公交车正不紧不慢地挪动过来。如她所计划一般,所有的事情都完成得刚刚好。上班高峰期的公交车里,她困在一个小小的角落里勉强站稳脚。她漫无目的地望着人行横道上准备上班的白领们,他们每个人手里几乎都端着一杯咖啡神色恍惚地盯着指示灯。

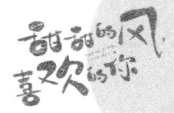

　　柚一的眼睛里晃过无数无关痛痒的景色，神思放空，她大概自己都没注意到情绪的变化。

　　"'姜柚一退出射击比赛，将不再参加比赛回归生活'，这是疯了吗，放着大好的前途回归生活？"

　　"那些一出生就注定不平凡的人怎么会痴迷我们普通人的生活，估计就是最近压力大休个假罢了。等她玩够了，她还是那个站在射击场上的天才。哪会像我们一样，每天从五环外挤一个小时的地铁，再转公交车去上班。"

　　"那倒也是。"

　　两个上班族离柚一只有一步远，他们的对话听起来像看透所有人一般自信。柚一偷听得津津有味。

　　"她十九岁对吧，我记得她才出名没多长时间。"

　　"人家十九岁已经登上了国际赛场，我二十九岁却还要挤着公交车上班，人生毫无目标和梦想。"

　　"我什么时候也能当一回天才呢？"

　　"梦里，梦里啥都有。"

　　上班高峰期，免不了遇上堵车，公交车司机猛踩一脚刹车，车里的乘客脚踩脚头碰头已不鲜见。柚一本能地抓紧扶手控制着身体平衡，只是委屈了她手里带给林霆的"礼物"。等公交车停稳，从人群中挤出来跳下车的柚一顿觉重获自由。

　　她注意到自己手里瘪瘪的面包片"啧啧"两声又安慰自己道："礼

轻情意重，老林肯定不会嫌弃的。"

柚一蹦蹦跳跳地朝着俱乐部跑去，一推开门就看到俱乐部全体工作人员站在两旁齐刷刷地看着她，林霍站在中间拿着俱乐部的服装慈祥地笑着。

柚一努力控制好自己的表情，疑惑地把视线落在林霍身上："咋……咋这么大阵仗？"

"作为俱乐部的新员工，自然欢迎礼也少不了啊。"林霍将俱乐部里教练的制服递到柚一手里，脸上的表情也垮了下来，凑到柚一耳朵边说，"一会儿我再跟你掰扯掰扯。"

柚一倒吸一口凉气，脸上挂着僵硬的笑容："哈哈哈，老林还花心思安排啊。早说啊，我也应该给你带点什么东西，这不早上买的面包还没吃完，小小礼品不成敬意你请笑纳。"

林霍蹙着眉头看着柚一手里挤成片状物的面包抿了抿嘴，柚一笑嘻嘻的样子让他不忍拒绝，十分无奈地握在手里，背在身后。

柚一将制服套在身上，宽松的衣服松松垮垮地罩在她的身上，她推开林霍办公室的门，毫不见外地找来一把椅子坐下跷起了二郎腿。

"老林，我今天都干啥？"

"俱乐部目前的教练除了有固定的VIP预订，剩下的就是帮助新来的顾客查看设备安全的事情。"林霍嗑了一颗瓜子，手里抱着一本书眯着眼睛仔细地看着上面密密麻麻的字。

柚一也抓了一把瓜子不慌不忙地往嘴里送："那今天我什么事

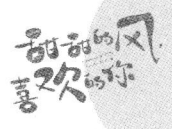

都没有吗,真好。"

"这就不知道了,万一哪个倒霉蛋就来找你呢!"

"最好这个倒霉蛋今天不要出现,这样我就可以休息了。"

"既然选择了,就别动不动逃跑躲避,不然看我不教训你!"

柚一听懂了林霍话中的意思,表明心意:"俱乐部一天不垮,我姜柚一就一天不走。"

"你就真不想和我解释点什么?"

柚一转动着眼珠子,搪塞道:"能有什么啊,就……就年少无知呗,现在知道了也了解了不就主动来找你了嘛。"

"人生哪有事事如意,不过都是勉强过活。"林霍端起茶杯轻抿一口,"把所有的'不得不'当作你自己的选择,心情就会舒服一些。"

"大概是吧。"

柚一低着头,将所有的敏感脆弱藏在了心里。她不敢表达自己的想法,比起林霍的失望,她更能接受此时此刻的埋怨和刁难。林霍用厚重的书本掩饰自己偷看的眼神,他等待着柚一的反应,哪怕只是一声叹气他也可以做些什么。

两人相互揣测着对方的想法,却都不肯做那个捅破窗户纸的人。

"刺啦——"

浦昭的球鞋在地板上滑出声音,他跳下自行车就往教室里跑,踩着上课铃声迈进了教室的大门。入秋的天气,总会在人们认为要冷的时候放出几天高温，不知道是为了给蝉充足的歌唱时间，还是单纯为了戏耍换上厚衣裳的人们。

年迈的教授在台上唾沫星子纷飞地讲述着知识点，浦昭在书本上写写画画，再之后注意力就全部被落在窗台上的蝉吸引住了。

它仰卧着，四肢还在颤动，看起来想要爬起来但明显吃力得很。

浦昭注视着它的一举一动，丝毫没注意到砸在他桌子上的粉笔。教授从讲台上走下来站在他身侧咳了两声："浦昭同学，请回答一下什么被称为非暴力语言？"

"非暴力语言……通过观察、感受、需求和请求构成重要模式，适用于各个层面的交流和各种环境……"

"坐下吧，好好听讲。"

重新坐下来的浦昭安分了许多。

两堂大课上完已经到了午饭时间，浦昭端着餐盘和朋友坐在一起。

"昭儿，你今天太帅了，几句话就把教授的火气给灭了！"

舀起一勺咖喱饭的浦昭瞪了一眼坐在对面的朋友："吃你的饭吧！不提这件事还好，一提我就来气，唐老头过来的时候为什么不告诉我一声，笑得最欢的就是你！"

面对浦昭的质问，白一南开始回想当时的自己在干什么，想了半天得出了结论："我那不是，那不是睡着了嘛。"

"我原以为上天把嘟嘟派下来就是为了折磨我，没想到啊，我

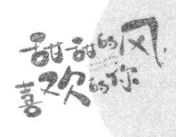

身边还有块'点心',装的都是废物馅。"

"哎呀,昭儿,我错了,下次不敢了。"

浦昭冷哼一声,眼神无意间瞟到旁边的女生。那女生发现后立马低了头,羞红着脸端正自己略微豪放的坐姿。

"都把人家姑娘瞅得害羞了!"白一南故意放大音量。

那姑娘听完之后又将头埋低了一些,羞红的脸颊开始发烫。

"对人家姑娘有意思?"

浦昭剜了白一南一眼:"如果看一眼就是喜欢,那你现在是不是已经爱我爱到骨子里了?"

"你这小子还真是大胆。"白一南假装出害羞的样子,"那倒也不是不可以啦,给我点时间考虑一下。"

白一南的一双三角眼微微下垂,弯月唇微微上扬,然后模仿着女生掩头发的样子,伸手将自己的鬓发拢到耳后,娇滴滴地收拢双肩露出害羞的神色。

"呕!"

做完一系列动作没等浦昭做出反应,他自己倒先恶心起来了。

"神经病!"

本来就没胃口的浦昭被白一南这样整了一番,连食堂都不想再待下去了,头也不回地离开。

白一南连忙扒了几口饭到嘴里,然后小跑着去追浦昭。

"原谅我吧,人家知道错了。对了,今天射击俱乐部有新教练上任,一起过去看看?"

"随便！"

"口嫌体正直"的浦昭禁不住白一南的诱惑，两人在下课铃响起时冲出了教室。为了避开人流高峰，他们选择自行车作为交通工具，很快到达目的地。

"请问白先生、浦先生，想选择哪位教练，还是想单独练习？今天我们俱乐部来了新教练呢。"前台小姐站起身，挡住了身后的教练空闲提示板。

白一南询问前台小姐："新来的教练真的很漂亮吗？我看到俱乐部会员群里今天早上发的信息，据说是很优秀很漂亮的女教练，是真的吗，没骗人吧？"

前台小姐温柔地笑道："是的，很优秀也很漂亮，两位要选择新教练陪练吗？"

白一南藏起偷笑，干咳几声："那就选这个吧。"

"好的，这就为两位安排。"

前台小姐面带笑容，用面前的座机拨通了柚一的电话。

正在和林霍嗑瓜子的柚一手机忽然响了起来，她扔下瓜子拍了拍手里的残渣，将含在口里的瓜子壳啐了出来。

"喂，您好。"

"姜教练，有顾客预约您陪同射击训练，请您准备一下。"

柚一瞄了一眼偷听她讲话的林霍："这么快就被翻牌子了？

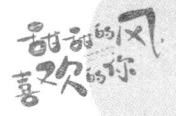

好,我知道了。"

拿着书本挡脸的林霍感受到穿透过来的炙热目光,仰起脸:"干啥啊,我脸上有金子?"

柚一双手插进口袋:"不说了,我去观察一下敌情。"

林霍视线跟随着柚一,柚一打开门出去,从门缝中能够看到前台小姐张望的样子,他满意地朝对方伸出大拇指,前台小姐指了指手机。不一会儿,他的微信就响了起来:

"老板,奖金,要奖金!"

"辛苦了,我会看着办的。"

驻足在4号训练场门口,柚一透过门上的玻璃望了一眼,林霍口中的"倒霉蛋"正在里面聊得开心。

白一南嘴角上扬:"我怎么越来越兴奋了呢,美女教练,嗯……"

浦昭瞪了他一眼:"你能不能有点出息?"

"知道了。"白一南忍了几秒钟又开始了幻想,"长头发的,不,还是长度刚披到肩膀最合适。个子呢,不要太矮,气质清冷一些,脸上写着生人勿近的那种……刚刚好。"

"嗯嗯,你觉得好就好。"浦昭十分敷衍地迎合着他。

站在门外的柚一突然开口:"来射击俱乐部目的是来训练或者是有兴趣学射击的,要是把注意力都放在教练身上有些不太好吧?"

听到熟悉的声音,浦昭先是一怔,抬头,眸子里透出来的水光都溢着心动的温柔。

"真的很像我描述的样子……"白一南呆愣地直起身子痴笑着伸出手自我介绍,"我叫白一南,商学院大一的学生。"

"你好,姜柚一。"柚一伸出手拍一下白一南的掌心和手背,比出枪的样子对着他的头开了一枪。

"姜选手是通过当教练打发业余时间吗?"浦昭的笑灿若星辰,撩动着心弦。

"偶尔。"柚一点头。

"你们认识?"白一南看着两人。

柚一没有回答,而是转头去拿气枪准备做演示。愣在原地的白一南将头转向浦昭,那双眼睛里充满疑惑。

感受到白一南的视线,浦昭望了过去:"干什么?"

"我觉得你有什么事情瞒着我,而且有了证据。"

浦昭挑着眉毛:"嫉妒?"

白一南小鸡啄米般点点头,浦昭垂下眸子,嘴角浮起浅浅的笑意。

见状,白一南满腹狐疑。

"听前台小姐说,你们都是老顾客了,你们平时都有学过射击的基本招式吧?"柚一背对两人,通过瞄准镜对焦靶心。

"有,有学过的。"

"帮我省了点力气。"柚一的声音轻飘飘地落下,手指扣动扳机,连发三枪,显示板上闪烁着环数。

白一南目瞪口呆地拍手叫好。

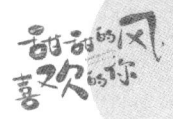

柚一缓缓转过头:"我示范完了,你们开始吧。"说完扭动脖子,僵硬的脖子发出骨骼摩擦声。

白一南咋舌,凑到浦昭耳边:"昭儿,这不是个普通姑娘。"

"很有意思不是吗?"浦昭和白一南对望一眼,转身去拿气枪准备开始练习。

"你是不是惹了什么桃花债,跟那个教练?"

浦昭举着枪对准白一南的头:"这么多年了,其实我有时候真的挺想这么做的。"

"别闹!"白一南躲开枪口难得认真地看着浦昭,"昭儿,要是摊上什么事情就和我说,都是好兄弟。"

"我现在还真有个事情需要你帮忙。"

"什么?"

"把嘴闭上。"

"如果你口中的有意思是拿生命开玩笑,那我还是要出面制止你一下的。"白一南握住浦昭的手,"我不能亲眼看着你去送死呀。"

浦昭翻了一个白眼,用手指点着白一南的额头:"有病就去看病,别在这里发疯。"

"打五发子弹,如果你赢了我支持你,如果我赢了就听我的。"

"喊,谁怕谁!"

两人端着气枪寻找着舒服的位置,白一南忽然想起什么转头对柚一说道:"姜教练就来当裁判吧。毕竟这是因为你才引起的战争,你总是要做些贡献的。"

慢半拍的柚一迟迟没有反应过来，呆愣了半天也没理清楚自己到底惹了什么祸。

男人之间的斗争就这样开始了，两个人的实力不相上下，但在稳定性上白一南差了浦昭很多，不过才打出两发子弹，他已经是汗流浃背。最后一发子弹浦昭故意没有放气弹进去，一发空包弹打了出去。

看了显示板的环数，柚一得出最后比赛结果："白一南胜出。"

"你这是承认我的话说对了？"

浦昭耸耸肩，手指捏起气弹上膛，扣动扳机，显示板上闪烁着9环的数字。

"如果算上这枪的成绩，是浦昭胜出。"

浦昭望了一眼柚一笑了一下，又转头看向白一南，眼神意味深长。

"不错嘛，但你还是输给我了啊。男人嘛，还是要气度大一点。"白一南自动屏蔽了浦昭的信号，以一副胜利者的姿态拍拍浦昭的肩膀。

浦昭脸上始终带着浅浅的笑意，不反驳也不解释。

柚一上下打量着那个从上到下都诠释着温柔的少年，打出的空包弹故意放水让朋友胜出，至于比赛结束后的那一发子弹是在强调他对控制局面有十足的把握。

最让柚一感到佩服的事情是，浦昭对白一南的说辞并不在意，

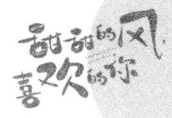

全然一副我知道自己的实力，不需要别人评论的样子，潇洒又自信。

这气质是柚一学不来的，她很在意别人的点评和看法，会敌视疏远甚至是选择逃避。

"姜教练，姜教练？"

"嗯……怎么了？"柚一回神。

"我们两个刚才说的话你没有听见吧，我就知道。"白一南提高声音，"今天预约你的时间已经到了，我们就先走了。"

"嗯，好。"柚一点了下头，表示同意。

路过柚一时，浦昭停下来站了好一会儿才伸出手摸了摸柚一的头，从口袋里翻出一颗薄荷糖递给她："这是姜教练的小费。"他脸上带着淡淡的笑容。

白一南站在门口，眼神里暗藏着八卦的意味。

愣住的柚一好一会儿才回过神来，额头上还留有余温，伸手去摸，才发现手心里握着的糖果。

柚一呆望着两个少年的背影，她咳了几声将那些情绪淹没，拖着步子朝前台挪动。

前台小姐声音甜美："您的会员卡请拿好，欢迎下次打卡。"

离去的少年在迈出俱乐部的一刹那又忽然回头，四目相对。

突如其来的惊诧再加上温柔如暖阳的灿烂笑容一下子向柚一袭来，她又像个木偶人似的呆愣在原地。

"柚一，你没事吧？"前台小姐问。

"啊？哈哈哈，没事，没事。"柚一支吾半天，"我……嗯，我去找老林，你先忙，哈哈哈。"

她像是想起什么似的，转头问前台小姐："刚才那个男孩子，是叫浦昭吗？"

"对，是我们俱乐部里的老顾客了，你认识？"

"嗯……算是吧。"

"是不是男朋友啊？"

"啊？不是的，我没有男朋友。"柚一嘴角轻轻扬起一个弧度，"你先忙，我不打扰了。"

柚一匆匆走了。

办公室里，林霍并不在，柚一寻摸了一圈也没找到，于是倒在林霍的真皮座椅上，整个人都陷进了柔软的旋涡里。

"哎哟，我的妈啊！"

挣扎出来的柚一不知道手碰到了哪里，点开了电脑播放音频。

"10.9环，今晚的冠军得主出现了，姜柚一！"

她匆忙按了暂停，对热闹的比赛视频有些抵触。

柚一滑动着鼠标关闭网页，这才发现视频里的自己，脸上挂着汗珠，张大嘴巴，高举着金牌，头撇向一边，想寻找片刻宁静。

这时，敲门声响起。

"咚咚咚！"

柚一对门口喊道："老林不在，我是柚一，进来吧。"

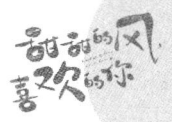

前台小姐推开门,将头探进来:"是柚一啊,我还以为老板回来了,一起去吃午饭呀。"

"不用了,我还不饿。"

"好,那我先回去了?"

"嗯,好。"

刚说完不饿的柚一肚子马上咕噜噜地叫了起来。她拍拍肚子,准备去茶水间吃点东西。

射击俱乐部的茶水间里放着点心零食,员工在工作时间里点的外卖也可以报销,柚一很喜欢这种员工福利。

茶水间的门没有掩上,员工们聚在一起吃饭休息,温馨的画面光是看着就已经让她感到幸福。

"柚一不打算参赛的事情,你们知道吗?"俱乐部里实习女教练的话勾起了其他人的八卦欲望。

"不清楚,老板也没提过啊。"

"如果我是她,睡觉都要笑醒了。国内数一数二的射击教练是自己的干爹,自己还那么有天赋,光是比比赛领的奖金就够吃一辈子了吧。这么一想老天还真是不公平啊,人家十字打头的年纪名和利都已经拥有了,而我却还在这里当实习教练。"

一直沉默的前台小姐忽然开口:"什么东西都有一个限度,她的起点本来就高遇到瓶颈肯定也正常,估计过一阵子就……"

"她那个脾气你还不知道,说风就是雨,说着火就炸。我看啊,她就是由着自己性子来,老板对她什么样我们都心知肚明,为了培养她,把自己培养了十年的世界级选手生生送了出去,我估计她肯定又是一哭二闹三上吊求的老板。表面上一副不争不抢,实则是拼了命地挤掉别人……反正她不是什么好东西,她的亲生父母不就是被她克死的吗?把自己的父母克死了,现在又来克老板。"

前台小姐有些不悦:"嘴怎么这么恶毒,好好的女孩子被你说得这么不堪?"

"若没有证据我又怎么会说出来,你们自己好好想想吧。"

门外,柚一听得一清二楚,字字见血,句句戳心。她伸出去开门的手僵了好一会儿才收回来,始终没有勇气去面对诋毁她的人。这些话比起同为比赛选手圈子里的同龄人以讹传讹的话,还算是温柔的。他们用尽心思去杜撰,去胡诌,沉浸在自己编造的故事里,眉飞色舞。

她转身离去,饥肠辘辘的胃已经被情绪填满,眉宇间也增添了疲态。

路上,有同事打招呼:"是柚一啊,一起吃午饭啊。"

"不用了,我还不饿。"

"好,那我去了。"

"嗯。"

柚一回到办公室,趴在桌子上,手指敲打着桌面。

凭什么,凭什么我要活在别人的评价里?那只是姜柚一这个

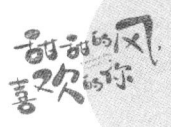

名字的荣誉又不是我的,凭什么要求我也要遭受着旁人的注视和议论……

柚一思绪杂乱,将头埋在臂弯里,眼皮逐渐沉重。

协会研讨会上,林霍翻着手里的比赛邀请函,上面清清楚楚写着柚一的名字。

但柚一是什么态度,还是一个谜。

"林教练,这次的比赛肯定也是要带自己最得意的徒弟来吧?"

林霍起身握住对方伸过来的手,面对对方的提问,他却给不出一个肯定的答案。

研讨会结束后,林霍打电话回俱乐部,确认柚一没有离开过俱乐部,这才将悬着的心放下。

他看着手里的邀请函,只要柚一没有离开俱乐部,就有大把的机会让她参加这个所有射击运动员梦寐以求的选拔大赛。

哪怕是逼,也要把她送进去。

听到电话里一阵忙音的诺一皱起了眉头,迫不及待地想要分享自己结束集训的消息,却怎么也打不通姐姐的电话。他坐在更衣室的长椅上用毛巾擦着发丝上的水珠,拨出去一串数字后把手机开了免提放在了椅子上。肩膀和手腕上都留着一个四四方方褐色的印子,他剥开膏药贴了上去。

对他而言,那不是伤痕,而是作为一个网球运动员的勋章。

"诺一啊，怎么了，集训结束了？"

"对啊，老爹，姜柚一又干啥去了？咋不接电话啊？我明天早上就回家了，记得迎接我哦……想吃什么？什么都无所谓，让我好好睡一觉就行……嗯，好，知道了……"

刚挂了林霍的电话，手机铃声就又响了起来。

"喂？"

"喂你个大头鬼，我是你姐，打电话干啥？"

"就是想看看没有我在的日子你过得怎么样，有没有特别想念我这个弟弟？"

"你集训就这么闲啊，还有空耍你姐？"

"不闹你了，我明天早上回家，记得接我。"

"不去，自己飞回来。"

"嘴上这么说不还是会来接我？"诺一将网球拍扔进袋子里，"好了，记得接我，我要去聚餐了。"

"哦，好。"

还没等柚一说完电话就挂断了。柚一看着变暗的手机屏幕，抹了抹自己睡着时流的口水，伸了一个懒腰。窗外已是黄昏的景象，她空空的肚子已经叫了起来。

"睡了好久啊！"

等所有人离开后，她才悠闲地从办公室走出来。空无一人的俱乐部没有孤独没有冷清，是少有的放松和宁静。

柚一准备打扫射击俱乐部，但俱乐部还算干净，所以并不费劲。

打扫完,柚一盘腿坐在训练场的一角,眼睛直勾勾地盯着不远处的气枪,棚顶的灯光晃着她的眼睛。

"烦死了!"

柚一起身拿起气枪,翻找出抽屉里放着的气弹,熟练地上膛发泄般对准靶子射击。她的脑海里不断回想其他人对她的议论,那些声音逼得她快要疯了。

她把那些人的声音想象成靶子,不断地用枪打破毁灭。等她心中压抑的怒火释放完,盒子里的气弹也所剩无几了,她紧紧环抱住气枪瘫倒在地,气息紊乱,眼睛酸涩。

"明明什么都不知道……明明什么都不了解,凭什么对我指手画脚?"她喃喃着,眼泪落下。

秋风冷涩,吹得树叶沙沙作响,柚一裹紧衣衫,皮肤上泛起一层鸡皮疙瘩。她沉沉地呼出一口气,在空气中凝结出一片白雾。

公交车上有很多空位置,柚一随便挑了一个,晃晃悠悠的感觉很快就召唤出了柚一的瞌睡虫,眼皮也逐渐有了下沉感。

睡梦中,她似乎靠在了一个软绵绵的垫子上,很舒服也很温暖,那块垫子还散发着淡淡的薄荷与柠檬味道。

"小姑娘,这是最后一站了,你不下车吗?"

柚一被好心的公交车司机叫醒。

她看了一圈空荡荡的车厢，伸了一个懒腰，正好对视上司机师傅投过来的目光："小姑娘，我要下班了。"

"抱歉，抱歉。"

刚刚醒来的柚一腿脚还是软绵绵的，迷糊的她站在路灯下发了一会儿呆，直到晚风彻底吹散了她的困意才离开。

她打着哈欠踢踏着步子，身后传来的脚步声似乎有意识般呼应着她。

柚一忽地转头，想要看清身后的人是谁，却没见着。

"是猫还是人？我没有急支糖浆，不要追我了哦。"柚一撂下一句话，小跑着进了小区的大门。

躲在角落里的少年半个身子显现在月光里，他弯着唇，月牙眼里藏着温柔的星光，微风拂过，角落里留下一缕柠檬薄荷味道。

一大早被闹钟吵醒的柚一心情有些郁闷,从被窝里爬出来,睡眼惺忪。她拉开窗帘,把窗外的阳光放入房间。她懒洋洋地趴在阳台上享受着阳光的沐浴,慵懒的睡意竟又蔓延上来。

等她再次睁眼,指针已经指向八点的位置,意识到即将迟到,她匆匆忙忙收拾好,小跑着去公交站等公交车。

随着公交车司机的一脚刹车,正在打瞌睡的人感受到剧烈的晃动,迷迷糊糊地睁开眼睛瞄了眼时间。关了手机屏幕,坐在公交车上的浦昭又开始打瞌睡。昨天大晚上被派去快递公司找包裹,他十二点才到家,那些东西都是姐姐从国外邮过来给嘟嘟的。

"往里走,往里走,里面还有位置,今天人不多。"司机师傅维持着车厢里的秩序,浦昭连眼皮都懒得抬起来,靠在车窗上打瞌睡。

"磕到头可是很痛的。"

熟悉的声音迫使浦昭抬起疲惫的眼皮,柚一的模样在他眼前逐渐清晰。

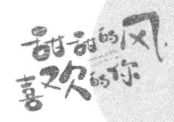

"哦,是你啊。"

干涩沙哑的声音和他现在的颓废形象很匹配。

"怎么这么困?熬夜学习应该不是,那是熬夜追剧?"

"我才不会那么无聊。"浦昭耷拉着眼皮,"最后一站叫我,我睡一下。"

"最后一站?我们不顺路的,我到下下下下站就要下车的。"柚一盯着公交车上的站点提示牌数着自己下车的站点。

浦昭的眼睛仿佛用胶水黏上一般怎么也睁不开,一只手垫着头,另一只手拉住柚一,恳求道:"拜托了,我太困了。"

"那……行吧。"将手从浦昭手里抽出来,柚一脸颊有点发烫,她注视着浦昭安静的睡颜,心里迸发出奇怪的感觉。

突然,有一只猫冲上马路,公交车司机一个急刹车打转方向盘,浦昭的头扎扎实实地磕在前排的椅子上。

不过,疲惫的浦昭连抬起眼皮的力气都没有,头抵着窗户继续睡。

目睹这一切的柚一有些同情他的头。

柚一憋着笑。

正是上班高峰期,又赶上交通事故,交警站在马路上指挥着,车子停停走走。公交车司机又是一个急刹车,让所有人都猝不及防。

柚一往旁边一倒,撞上浦昭,嘴上蹭到一片柔软。下一秒,惊慌失措的她马上老老实实地坐正。

她下意识地摸了摸自己的嘴唇,咧了咧嘴角,脸颊上的红晕又加重了一些。她害羞地扭过头不去看浦昭。

靠在车窗上的少年嘴角偷偷扬起又迅速收回。

在心里挣扎很久的柚一还是不放心,偷偷看了看少年,她感觉浦昭额头上好像肿了一个包。

熟睡的人儿因为失重的原因开始寻找可以倚靠的地方,跟随车厢一起晃动的身体找到了一处可以安心睡眠的位置。浦昭扭扭身子调整到舒服的位置睡得香甜,柚一浑身僵硬着,肩头沉甸甸的。

公交车上的人三三两两地下车又上车,过了一站又一站,柚一的肩膀有些酸痛。

"终点站即将到站,请乘客们做好下车准备。"公交车提示音响起。

乘客们拥挤着下车,一个被抱在怀里的孩子将手中的玩具扔在了少年的脸上。

"熊熊,熊熊,呜哇!"

柚一捡起被丢的玩具小跑着去还给那孩子:"不哭不哭,给你熊熊。"

"我的头……"扶着头龇牙咧嘴的浦昭丝毫不知道刚才发生了什么,他迷迷糊糊的,起身下车。

柚一站在站牌前,浦昭捂着头向她走来。

"今天谢谢你啊。但是我的头为什么这么痛?"浦昭伸手摸着自己额头上的包,"还有个包?"

"我也不知道该怎么跟你解释。"柚一小跑着去追要发车的公

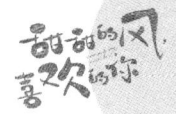

交车。

她跳上公交车后，朝着浦昭的方向挥了挥手。

晨光笼罩在浦昭身上，他伸出手轻轻摸着额头上的包，在车上做了一场梦，梦见了一睁开眼便去寻找的女孩子。

心里产生的感觉很奇怪，暖暖的、痒痒的，让人期待。

柚一喘着粗气推开俱乐部的大门，林霍在柚一进门的瞬间按下手里的秒表。柚一在门口捕捉到林霍脸上的表情，立马在心里翻找着合适的借口。

"迟到了三十四分二十六秒。"

"你……你听我给你解释啊。"柚一调节着自己的呼吸，"要不是为了俱乐部，我会牺牲这么大嘛。我半路上遇到了昨天过来的顾客，他说他需要补觉让我帮他盯着公交车的站牌，到时候叫醒他。我当然是知道俱乐部的规矩的，但对方毕竟是新顾客嘛，不做买卖也能做个人情，我这么想着就……迟到了。"

林霍眉头锁在一起："你这借口有点长，乍一听挺靠谱，仔细一想却又漏洞百出。"

"老林，无论你信不信，事情都已经发生了，所以——"

"所以，我应该扣你工资。"

"不行！"柚一笃定地拒绝，"我可是要养弟弟的，一份钱分两份花本来就很艰辛了。"

柚一吸溜着鼻子。

林霍一副我就静静配合着你演戏的表情。

"哎哟，装不下去了。"柚一端起杯子喝了一大口水。

"臭丫头，每次快到成功的时候你就这样，什么事情都提前放弃。"

"继续演你又不给我加工资，我在这儿鼻涕一把眼泪一把像祥林嫂一样抱怨也没有效果啊。"柚一坐到椅子上，"而且啊，俱乐部里资深元老都知道你跟我的关系，这种关系扣不扣工资有那么重要吗？你的就是我的，我的也是你的，对吧，干爹！"

柚一跑到林霍身边抱着他撒娇，他锁着的眉头终于舒展开："臭丫头，说不过我你就跟我撒娇。"

"你应该感到开心，你想啊，要是让姜诺一跟你撒娇，你得多难受。所以，有个女儿，你应该开心知道吗？"

"让诺一知道了又该怪我偏心了。"

柚一饥肠辘辘的肚子咕噜噜地叫了起来。

听到这声音，林霍笑着起身："没吃早饭吧，我去给你做个蛋炒饭。"

"我要加火腿的。"

"行，加火腿的。"

林霍宠溺地笑着，柚一也笑嘻嘻的。

商学院的迎新会上格外热闹，各个社团都想尽办法纳新，因为长相不错被委托来的浦昭靠在桌子上打盹。

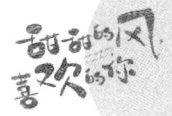

白一南拿着水贴到浦昭的脖子上，醒过来的浦昭迷糊地瞅了一眼来人："出卖我的色相也就罢了，现在连我的身体都要出卖了吗？"

"你再忍忍。这不是没办法嘛，学长可是再三请求我们帮忙的，总不能不给面子不是。"

趴在桌子上的浦昭手掌比画着："我这辈子就见过两个臭不要脸的人，一个是嘟嘟，另一个就是你。"

"嘟嘟要是知道你这么说他肯定会骂你一顿，而且你还什么都说不出来。"

"我们嘟嘟什么都会，什么都明白，就是总是在清楚明白的状态下给你捣蛋。"

白一南仰头喝了一口水，目光捕捉到不远处几个女生正望着这边交头接耳。他漫不经心地转头问道："昭儿，嘟嘟什么时候有空啊，我都好久没和他玩游戏了。"

"忙着呢。"

"忙着玩新上市的游戏？"

"不是。他说自己喜欢上一个大姐姐，天天规划着自己的人生，规划着自己的未来，真是小孩子。"

"哈哈哈！"白一南笑得眉毛都要飞起来一般调侃道，"看看人家嘟嘟才几岁都已经规划好自己的人生了，咱们这样的还没摸到人生的头绪呢。"

浦昭直起身子，伸懒腰："想那么多，想那么明白干吗？我们又不是执行任务。"

"请问，学长的社团还招新吗？"

软糯的声音，绯红的脸颊，泡面一样的卷发被阳光一晃变成了栗棕色。浅蓝色的破洞牛仔裤搭配着肉粉色的T恤，整个人看起来干净又足够惊艳。

"招的，你看见那边站着的那个穿着黑色半袖的学长了吗？"白一南指着在操场上发宣传单的男生，"他就是网球社的社长，你过去找他就行了。"

女生眼神飞快地瞟了一眼浦昭。

这个动作被白一南逮个正着，这种小女生的心思，作为"妇女之友"的他当然明白。他扭头对浦昭说："带学妹过去找一下吧。"

浦昭深深地呼出一口气，不耐烦地起身："走吧。"

女生有了一个接近浦昭的机会，她伸手将长发拢到耳后，双眸妩媚展现了十足的魅力。

"学长你是什么专业的？"

"金融管理。"

"我是国际贸易专业的，看来我们有很多可以沟通的话题。"

浦昭一笑，什么也没回答。

"学长的兴趣爱好也是打网球吗？"

"不是。"

女生吃了瘪有些不满，漂亮的脸蛋有些失落："学长还真是惜字如金啊。"

忙碌的社长抬头望见不远处走来的两人，打趣道："怎么亲自

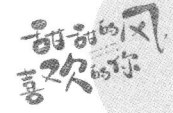

带学妹过来了？"

浦昭双手插兜瞥了一眼旁边站着的女生："学妹的问题挺多的，我一个人解决不了，正好身为社长的你帮忙解决吧。"

"哎？"女生疑惑地望着浦昭，她就这样被他当作烫手山芋一样打发了。

"学妹，好好跟着社长学习吧，我先走了。"

女生盯着浦昭的背影，郁闷地叹了一口气。

见状，社长笑问："怎么叹气了？"

"我第一次遇到这么难撩的男生，或许，他是……"

社长笑嘻嘻地说："浦昭啊，这一上午过来参加社团的学妹都在打听他，你是今天第七个这样猜测的人，别看他外表看起来阳光奋进，性格上——"

"性格上？"

社长的话如鲠在喉，剩下的半句是怎么也不能说出来的。他清了清喉咙："填个入团申请表吧。"

"性格上什么呀，你还没说呢！"

"没什么，没什么。"

社长将手里的空白表格递给女生，看着她一笔一画地写着字，心里补全那句话：

性格上却是孤僻得很。

社长忍不住转眼看着浦昭，这时，感受到视线的浦昭转头望了过来，四目相对。

社长笑着点了点头跟浦昭打招呼。浦昭拿着手机晃了晃,低头打字。

下一秒,社长的手机就响了起来,是浦昭发来的三条信息:

"戏份太多了,演员浦昭要求增加出场费。"

"白一南说他也要。"

"白一南还说这是出卖色相的生意,必须让你破费一下。"

社长回消息过去:"知道了,一人一碗红烧牛肉面。"

然后他又向招新区望去,看到白一南和浦昭两个人一边拖着椅子,一边跟他摆手,这时手机再次响了起来,还是浦昭发来的:

"我们俩商量了一下决定去找高价聘用的社团了,再见。"

社长急忙回复:"披萨!"

没有任何回复。

"火锅!"

还是没有回复。

"炸鸡!"

对方又发过来一句:"再见!"

社长最后咬了咬牙,在手机上狠狠地按着键盘打字:"披萨加炸鸡再加火锅,怎么样!"

"成交。"

等了二十多分钟,白一南和浦昭两个人抱着外卖边吃边走了过来,浦昭舔着嘴上沾着的芝士:"太饿了,我们就先点好了,麻烦结个账啊。"

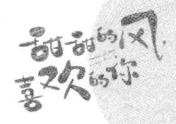

白一南拍拍社长的肩膀:"好兄弟!"

跟在白一南身后的食堂工作人员笑嘻嘻地凑到社长面前:"一共一百二十四元,微信还是支付宝?"

社长扯出一个苦涩的笑容拿出手机扫码结账,支付成功后的提示音混合着他心碎的声音进入耳朵。

坐在身后的两人刷着朋友圈吃着披萨起哄:"帅气!"

浦昭滑动手机屏幕的手指忽然一顿,粲然一笑:"插卡游戏机啊,很久都没见过了。"

"什么游戏机?"

"小时候的那种老式游戏机,插卡的那种。"

"那不是古董吗?"

许久没说话的社长忽然开口:"小时候没有什么事情是一盘游戏解决不了的,闹了矛盾的两个孩子坐在一起打一盘游戏,游戏结束之后也就不再计较了。我家现在还有那种游戏机呢,偶尔玩一玩回忆一下也是一种情怀。"

白一南和浦昭对视一眼,异口同声道:"社长!"

对着蛋炒饭疯狂炫耀的柚一引起了视频电话那边弟弟的强烈抗议:"老爹,你偏心!"

"就是偏心你想怎样,有本事爬出来啊。"柚一拍着手机屏幕得意地把饭塞进嘴里,"好吃!"

"对方不想跟你说话并且想要挂断电话。"

"等会儿！"柚一拿起刚刚在储物室里找到的游戏机，"这个游戏机的盘你还记不记得在哪儿？"

诺一看到柚一手里的游戏机，脸上的表情狰狞了一下："干吗？"

"你有的对吧，嗯？"

"老爹，你怎么能把游戏机给她呢？我特地选的地方藏着的，怎么就给她了呢？"诺一带着哭腔控诉林霍。

坐在一旁喝茶的林霍轻飘飘地说："不是我给的，是她翻到的，这不怪我。"

"这就怪你，怪你！啊——要疯了，姜柚一你要是敢弄坏，我就把你珍藏的香水倒进马桶里刷厕所！"

"哎呀，哎呀，不弄了，小气鬼！"柚一嘴上虽然这么说，瞥向游戏机的眼神却还是将她出卖了。

"哎，我还看着呢，要不要试试我们谁先哭出来？"

柚一把游戏机推到林霍面前，笑着说："不动，不动，乖哦。"

"你若是动了，我会发现的，所以劝你善良。先挂了，我要上车了，一会儿我就到家了，如果你乱动被我发现你就死定了。"

"嗯嗯，好的，等你回来。"

挂了电话，柚一戳了戳像砖头一样的游戏机："这么一个破玩意儿居然这么珍惜。"

"那些又重又厚的破书不也是你的珍藏品吗？诺一小时候不小心撕掉一页就被你打得三天都没跟你说过话，一见到你就哭，现在轮到你了知道后果了吧。"

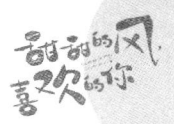

"我现在终于能明白诺一当时的心情了,这个感觉也太难受了吧。"

"知道就好。"

柚一嚼着蛋炒饭若有所思,停顿了半天支吾道:"老林,我的工资……"

"扣完了。"

"我现在感觉更不好了,我也太不容易了吧,呜呜!"柚一做出哭泣的样子。

林霍起身,神情冷淡地说:"吃完把碗刷了,我先去前台看看。"

"哦,好的,老板。"柚一起身鞠躬,"您慢走。"

林霍离开后,柚一紧接着就是对着空气一顿拳打脚踢,伸展完身体继续吃自己的蛋炒饭。

收拾好后,她去帮忙,帮着前台小姐收拾杂物室。收拾干净后,她成功地把自己累倒在林霍的办公椅上。

"这样的日子到底什么时候能结束呀,啊,要受不了了!"柚一哀叹一句。

不过好在,生活还是有希望的,比如好好把弟弟养着,过几年还能卖钱,不对,是靠美色勾搭一个家境好的姑娘然后顺利成为一个有钱人。既然弟弟成了有钱人自然不能亏待了她这个姐姐……想一想就足够让她开心得不得了。

"姐,老爹说你在这里,让我过来把你带走。"从门缝里探进头的诺一一身白色的运动装,左手手腕上戴着护腕,单肩挎着背包,眉目清俊,眸子透彻。

看到门口的弟弟,柚一嘴角上扬。

"哎哟,我们帅气的诺一集训结束回家了呀,饿不饿啊?想吃什么啊?"

诺一鄙夷地看着自家姐姐,不知道刚才那个威胁自己的奇怪女人到底是谁。

"姐,你吃错药了啊?"

"只要你能前途光明,你姐别说吃药,就是上刀山下火海也在所不辞!"

"有病咱就好好治,别没事就犯病。"诺一转身就走,生怕多待一秒,就被人认出来他是柚一的弟弟。

林霍站在前台和工作人员核查着这个月的流水,看到从办公室走出来的姐弟俩,合上了手里的账簿。

诺一握着柚一的手,冲着林霍说道:"老爹,这货我就带走了噢,实在是太捣乱了。"

"带走吧,带走吧,我不心疼。"

柚一哭丧着脸盯着林霍:"刚才你还不是这样的,刚才你还很宠溺地问我饿不饿,怎么姜诺一来了就瞬间变脸了啊!"

林霍挠挠耳朵对诺一认真地说道:"快带走吧,太吵了。"

"那我们走了哦,拜拜老爹。"

前台小姐盯着两姐弟的背影好奇地发问:"诺一和柚一真的是

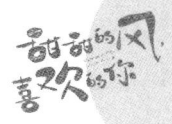

姐弟吗？柚一是捡来的吧？"

"诺一是不是看起来更像我？"

"要不是因为诺一年纪小，我就下手了，这么帅，下一代的基因完全拯救回来了！"

"那你可得注意，万一跑偏长得像姑姑柚一，一切就前功尽弃了！"

林霍针针见血的言论若是被柚一听到估计又是一场腥风血雨。

"阿嚏！"

柚一揉了揉鼻子，小跑着追上弟弟的步子，说："家里没什么菜了，去趟菜市场吧。"

"不要，我今天结束集训坐车回来已经很累了，不想再动了，回去吃泡面吧。"

姜柚一向左侧瞥了一眼，没看到弟弟的脸，这才发现弟弟在她没有发现的情况下已经长了这么高。

她心一横，想着钱包里还有两百多块。

"走吧，姐请你下馆子！"

听了柚一的话，诺一目不转睛地盯了她半天，忽然，好看的眉头紧皱，小心翼翼地问："姐，咱家不会马上就揭不开锅了吧，还是要彻夜逃跑搬家啊？"

诺一这么一说，公交站点的人纷纷投来同情的目光。

柚一有些尴尬地揉揉干燥的头发："怎么会！哈哈，你姐姐是有工资的,虽然今天早上被扣了工资,还是可以请你吃顿饭的。"

"上班第二天就被扣工资,这个月我们不就得喝西北风啊?"

柚一有些窘迫地咂了咂嘴,拍了拍诺一的肚子:"不会的,不会的,我可以好好地工作争取拿到奖金呀。"

"就你那水平,不被扣工资就已经很不错了,还谈啥奖金啊!"诺一捋了捋背包的肩带,提出质疑。

柚一强忍着怒气,拍了拍弟弟的肩膀,让他靠近一点。

诺一毫无防备地凑近,她用手掐了他肩膀一把:"你姐说有钱就是有钱,请你下馆子就一定是家里没钱或者是要跑路吗?"

"我的胳膊,啊……嘶——"

听到弟弟痛苦的号叫,柚一松开手,自己那点力道也不至于掐得弟弟这么痛,她连忙问道:"胳膊受伤了吗?训练造成的吗?"

公交车正好停在两人面前,诺一像个没事人一样上了车,柚一停在原地有些惊诧地看着弟弟。

"不是说要下馆子吗,怎么不上车?"诺一嘴角划过一抹狡黠的笑容。

这是影帝啊!

好你个姜诺一,都开始耍你姐姐了!算了,看在你有让我成为富婆的可能就饶了你吧。

柚一扬起一个笑,直勾勾地看着诺一。

诺一顿时起了一身的鸡皮疙瘩。

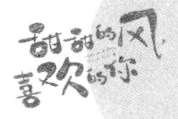

两个人并排坐在一起,旁边的小姑娘时不时地偷看诺一。

柚一察觉到后,凑到诺一耳边说道:"别看那些姑娘表面上光鲜亮丽,其实可能花呗已经欠了很多钱。你啊,需要找一个有钱的姑娘'嫁'了,这样你姐姐才能有钱,知道吗?"

"这都啥年代了,你咋还想着嫁入豪门的事呢?豪门不好进不知道吗,没看电视剧那些进入豪门的都是费尽心机的吗?"

柚一似乎对诺一的话没听进去几个字,一脸自豪地盯着诺一的脸说道:"我弟弟怎么就这么帅呢,真是一副令人羡慕的皮囊。"

"得,白说了。"

下了车,两姐弟站在一家料理店门前。诺一看了一眼店面的装潢,拉着柚一就要走。

柚一半拖半拽地带着弟弟走了进去。

坐下来后,诺一并没有放弃拯救姐姐计划,无时无刻不想着要带走柚一。

"给我坐好。我说了,我有钱,能让你吃饱,尽管点就是了。"

"不是有钱没钱的事情。"诺一转动眼珠子想了一会儿,意识到这其中的意思,"你是不是弄坏我的游戏机了?"

柚一摇头:"我没有。"

"那你为什么非要请我吃饭?"

"没有理由,给我坐下!"

服务员带着菜单面带微笑地走来:"请问两位想点些什么菜?"

"我想吃咖喱套餐,"柚一抬起头看了一眼诺一,"你吃什么?"

"那我要蔬菜沙拉?"他这话说得小心翼翼,眼神也格外小心地瞥向柚一。

柚一递过去一个眼神,诺一立马改口:"我也吃咖喱套餐好了,谢谢。"

"好的,请稍等。"

离开前,服务员给柚一、诺一姐弟各倒了一杯水。

从没体会过这种服务的两姐弟有些受宠若惊。

柚一不禁感叹:"果然高档餐厅就是不一样啊。"

"一会儿别没钱结账就好,我是不会留在这里刷碗抵账的。"

诺一的话刚说完,柚一就站了起来,诺一本能地抱住自己的头以免被打,动作熟练得令人心疼。

"我要去一下洗手间。"

"我也要去,谁知道你是不是把我撇在这里自己走了。"诺一站起身来准备跟上柚一。

"那一会儿上菜服务员没见到客人怎么办,我们会被写进黑名单。我不会走的,我保证。"

"那行吧,你快点回来。"

安抚好弟弟,柚一有些急迫地搜寻卫生间的位置。看到卫生间标志,她眼睛一亮,脚下的步子加快了一些。

柚一前脚刚迈进卫生间,浦昭一行人后脚就进了餐厅,两人就

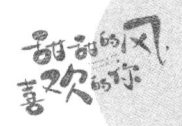

这样戏剧性地错过。

浦昭一行人坐在了柚一所在位置的隔壁厅堂,网球社长欲哭无泪地接过服务员手里的菜单,看了几行后,便生无可恋地将手里的菜单推给浦昭和白一南。

"你们点吧,我现在不能看见这个,有点钱包疼。"

白一南接过菜单:"那我就不客气了。"

浦昭看了一眼扶额的社长,瘪了瘪嘴:"我去个厕所。"

"哦,早点回来。"

解决完内急,柚一神清气爽,步子都轻快了很多。她前脚刚跨出卫生间,下一秒就栽进了一个宽厚温暖的胸膛里。

"对不起,对不起。"柚一本能地退后两步,低着头紧闭双眼。

"哈……没关系的,姜教练。"

"姜教练?"

听见这声音,低着头的柚一觉得有些熟悉,仰起头,少年白皙帅气的脸上笑容璀璨。

"你也在这里吃饭吗,好巧啊。"

"是啊,好巧啊,哈哈哈哈。"

柚一忽然想到早上发生的事情,盯着他的额头询问道:"你的额头怎么样?"

"额头?嗯……嘶……"浦昭用手摸了一下,痛得面部狰狞。

见柚一的眉头皱起,他笑得更加明媚,伸手点了点她的眉头。

柚一惊诧于浦昭的动作。

反应过来自己做了什么，浦昭讪讪地收回手，干咳一声指指卫生间："那个，我去一下厕所。"

"好……"

柚一仓皇而逃，大脑一片空白。

柚一回到餐桌时热气腾腾的咖喱饭已经摆放整齐，诺一撑着下巴目光定在柚一身上："你的脸怎么了？"

"脸？没怎么呀，脸上有什么东西吗？"

诺一拿起手机滑开屏幕打开相机递给柚一，镜头里那个女孩子脸颊红扑扑的，像个苹果。

见状，柚一的脸颊温度又升高一些，她低下头把手机塞进诺一手里："咳，没什么，没什么，就是太热了，哈，就是太热了。"

"热吗？"

"我说热就热，除了热还能有什么啊。"

诺一瘪瘪嘴，摆出一副你说什么我都接受的表情："知道了，吃饭吧。"

"嗯，吃吧……"

咖喱和米饭的完美搭配撑起了萧条秋日的温暖，姐弟两个吃饱喝足后仰靠在椅子上享受饱食的幸福。

"吃饱了，吃饱了。"

"走吧，去结账吧。"

从餐厅走到前台的一小段路上，柚一清晰地感受到来自角角落

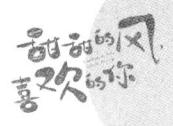

落交杂在一起的视线,她的眉头皱了皱刚想说什么,诺一像是看穿她的情绪般轻轻揽住她的肩膀,拍了拍:"走啦。"

柚一舒展眉头莞尔一笑,生活中的细枝末节都让姐弟两个更加了解,以为对方会不在乎不在意的地方其实正是对方铭记在心的,家人就是可以让所有的坚强都卸下,安心依靠的存在。

"本店在店庆期间有活动,凭本店的兑换券可到旁边的饮品店换取饮料。"

"饮料啊,诺一你先去领,我把账结了。"柚一接过收银台小姐手里的兑换券递给弟弟,转头面向前台,"总共多少钱?"

"共两百四十六元,由于本店系统更新,二维码支付和银行卡支付都不支持,十分抱歉。"

"只能用现金吗,我找找看。"

柚一翻翻找找凑齐了两百三十块,就连坐公交车的硬币也被她翻了出来,数来数去总共两百三十四元。

"还少一点……"

"我帮她付吧。"

柚一闻声寻找说话的人。

四目相对,浦昭粲然一笑,弯成月牙儿的眼睛藏匿着光芒。

"谢谢你啊,又麻烦你了。"柚一有些不好意思。

"没事的,相互帮忙嘛。"浦昭环视柚一的周围,"你自己一个人吗?"

"没，我不是一个人来的，他先去……"柚一指了指门口，觉得没有必要和一个只见过几次面的人说这么多，尴尬一笑。

收银台小姐把打印好的小票递给浦昭："您的小票和找零。"

"好，谢谢。"

浦昭转身将小票和硬币塞进柚一手里："给。"

"这些钱，"柚一将两个手掌里捧着的硬币换到一只手里，拿出手机打开自己的二维码，"你加一下我，我发红包给你。"

少年的嘴角扬了又扬，弯了又弯，情不自禁地笑了出来。

"红包呢，我就不要了，但是这个联系方式我存下了。"

"嗯？"

浦昭伸出手轻轻揉了揉柚一的头："好可爱。"

柚一身子僵住，有些惊慌失措。

领完饮料折回来的诺一在门口目睹了全过程，他心头油然而生不悦："姜柚一，结完账了就给我出来，要待到什么时候啊。"

"哦，来了。"

柚一扭过头朝浦昭浅浅一笑："那我就先走了。"

"好，再见。"

"再见……"

见柚一跑过来，诺一眼疾手快地伸手一把将她揽在怀里，看起来就像是柚一飞奔过来抱住他一样。

被摁住脑袋呼吸不畅的柚一单手握拳恶狠狠地砸在诺一的肚子上，诺一吃痛松手，柚一揪着他的耳朵："你是不是一天不挨揍就

皮痒啊？"

"我这可是为了你好，你要是看见刚才自己傻乎乎的那个样子，你就知道自己看起来有多蠢了。"

"很蠢吗？"柚一眉头一紧，整张脸上都写满了担忧。

达到目的的诺一继续实施自己的计划："嗯，很蠢，所以我挡住你的脸，不想让你继续带着那副傻乎乎的表情晃来晃去。"

成功被忽悠的柚一一脸愧疚地望着弟弟："好吧，我错怪你了，对不起，回家吧。"

"昭儿，有现金吗？"

从姐弟两个背影上收回视线的浦昭扭过身子耸耸肩膀："我没有啊。"刚才已经用完了。

"那怎么办啊？"

浦昭笑着摇摇头："不知道。"

某个在家里乖乖写作业的小孩接到求救电话，带着现金去拯救三个没现金支付饭钱的大人。

离开时，收银台小姐将小票递给浦昭，说："中秋节期间我们还有优惠活动，可以使用这次赠予的优惠券。"

"好的，谢谢。"

嘟嘟一脸鄙夷的表情，盯着浦昭。浦昭笑了一声："别瞅了，我会还你的。"

"真的是好丢人,以后不要出去说你认识我。"

"你要是这么说,那我可就得让全世界都知道我们的关系了。"

"随便你,我的作业还没做完呢。"

嘟嘟丝毫不给几个人解释的机会,飞速离开。

嘟嘟离开好一会儿之后,浦昭后知后觉地反应过来:"嘟嘟啥时候开始喜欢写作业了?"

白一南拍拍浦昭的肩膀:"好兄弟,我心疼你。"

清闲的假日时光总是被温柔的被窝束缚住,过了十点才睁开眼睛的两姐弟商量后决定去林霍家蹭个午饭。商量好对策的两姐弟简单收拾后便去了超市,徘徊在中老年营养品区的诺一盯着货架上的豆奶粉、芝麻糊发了愁。

从酒水区过来寻找弟弟的柚一在中老年营养品区发现埋头琢磨的诺一,静悄悄地走到他身后准备吓他一跳。

"哎!"

诺一被吓到的反应满足了柚一恶作剧的心理,诺一转过脸瞥了一眼柚一:"幼不幼稚,都多大了?"

"要是老林知道你把他当中老年人,看他不打死你。"

诺一丝毫不听柚一的建议,拿着豆奶粉就扔进了购物车里:"人不服老可不行,再怎么说他已经到这个年纪了。"

"哟,今天的太阳是打西边出来的吧,姜诺一能说出这样的话。"

"怎么空气里有点酸味呢?"诺一接过柚一手里的购物车,"老爹说让我们晚上再过去,晚上要吃火锅顺便买点食材,他中午去聚餐。"

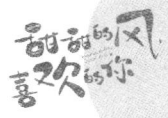

"啊?那我们就只能喝西北风了,估计买完这些东西,我卡里就没钱了。"

"我会那么笨吗?老爹给我打了买菜的钱。"诺一晃着手机,一脸得意。

柚一勾唇坏笑:"不愧是我的亲弟弟。"

"购物车里这些可是你刷卡,只有晚上的食材和午餐才能用老爹给的钱,不要本末倒置啊。"

"知道啊。"

林霍出手阔绰,从没亏待过两姐弟,自然也不会在食材这种小事上计较。姐弟两个在零食区逛了一圈出来购物车里已经是满满当当。

看着购物车里的零食,柚一意识到午餐的事情立马停住脚步倒退回去从购物车里清了一些零食出来。

"你干吗呢?"抱着零食找过来的诺一看着柚一把购物车里的零食送回去的举动,感到诧异。

"老林看见我们买这么多肯定会骂人的,不想挨骂就把你抱的零食送回去。"

"啊,真是的,好不容易放纵一次。"诺一疾走两步把手里的零食扔进购物车里,"你看看你的亲弟弟都瘦成什么样了,你忍心吗?"

"嗯,挺忍心的。"

诺一绿着脸一句话不说,自己生闷气。柚一暗暗心疼弟弟,还是在购物车里留了几袋零食:"给你买了,别丧着脸了,也不知道是哪位幼稚鬼刚才嫌弃我幼稚?"

听到柚一的唠叨,诺一开始自言自语:"你再唠叨下去就该嫁不出去了,嫁不出去我才不会养你。"

"要不要喝饮料?"

忽然听到柚一声音的诺一明显被吓到,不自然地笑着点了点头。

"这个是新上市的哎,之前都没见到过,还有什么抽奖活动?"

诺一接过柚一手里的一提饮料,一脸鄙夷:"你没有那个运气的,你姜柚一哪有什么运气可言?"

"我运气很差吗?"

"你运气哪次好过?你忘了小学的时候,你非要参加转盘抽奖,想要什么玩偶,玩偶是二等奖,你抽到的却是五等奖的气球,忽悠我交出零花钱去抽奖,结果还是五等奖的气球。"

"好像有这么一回事儿,哈哈哈……"

"别想着什么中奖了,你没有那个运气的。"

柚一笑了一下,口腔里弥漫着淡淡的苦味,咽不下吐不出。

"有糖吗?"她问。

诺一从口袋里拿出一盒薄荷糖在柚一面前晃了晃:"喏,尝尝我新买的。"

"谢了。"

柚一伸出手接过两颗糖,亮蓝色的糖粒在掌心的温度里融化,含在嘴里包裹着情绪被吞咽下去,薄荷的味道从口腔里逐渐向下蔓

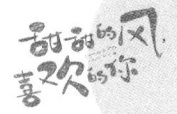

延,熏得双眸生疼。

"浦昭快走!"

节假日期间,玩具店和游乐园都在搞打折活动,对于这些东西作为小孩子的嘟嘟当然是不会错过的,一大早就把熟睡中的浦昭叫醒,目的就是为了抢购限量版的游戏套组。

"哎,你慢点,等等我啊。"

拎着大包小包礼品袋的浦昭跟在嘟嘟身后,每一步都迈得格外艰难。

"你要是这样的话,以后谈恋爱逛街,你的女朋友可是会发脾气的。"

"那就找一个不逛街的女朋友。"

"不逛街穿啥呀?"

"穿我的衣服,我可以不介意。"

嘟嘟瞥了一眼浦昭,咂咂嘴:"当你女朋友可真不容易,还好我是一个英明的男孩子。"

"不容易我又没让你当,你这个小屁孩!"

嘟嘟站在斑马线上仰望着对面KFC的玻璃窗,看了很久才十分肯定地喊出一句:"柚一姐姐!"

"大白天的你就开始做梦啊……柚一,是哪个柚一?"

浦昭嘀咕着,但很快就抛弃了这个想法,心想着世界上哪有这么巧的事情。

"柚一姐姐在那里,我们也去,快走!"

浦昭拉住嘟嘟的胳膊拦着他闯红灯的举动,等交通灯一变,嘟嘟就像脱了缰的野马一般冲向对面。

"嘟嘟,你不是才吃过儿童套餐吗,又饿了啊?你这孩子不控制一下会变胖的。"

嘟嘟丝毫不理会身后的浦昭,一心只想着他的柚一姐姐。穿过旋转门,他小跑着扑向刚坐稳的柚一。

柚一见到嘟嘟,惊讶道:"你也在这里呀,来吃东西吗?"

"没,我看见柚一姐姐在这里就过来了,嘟嘟吃过午饭了。"

进了店的浦昭环视一周才找到蹦跶的嘟嘟,气冲冲地跑过去想教训他一顿:"马泽童,你这孩子怎么这么不听话……"

"又见面了……"

见到柚一,浦昭僵笑一下,他在心底呐喊怎么偏偏在这个节骨眼遇上了,他今天都没有洗头发!

处于尴尬中,浦昭下意识地将视线瞥向别处,看见诺一正盯着他打量,立马收住了笑容,沉默了下来。

"嘟嘟,这位是……"

"我是他的小舅舅,他是我的外甥。"

坐在柚一对面的诺一这才开口:"小舅舅?是挺小的。"

嘟嘟仰头一看,这才发现柚一姐姐的对面还坐着一个不认识的家伙,在心里猜测着两个人的关系。

"这个哥哥刚才就坐在这里吗?"

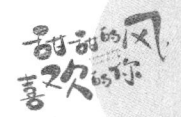

柚一点点头:"对啊,他一直都在啊。"

"大概是柚一姐姐魅力太大了,我都没有注意到。"

诺一咯咯地笑了起来:"你这小屁孩倒是会拍马屁。"

嘟嘟不理诺一的话,面向柚一说:"柚一姐姐陪我去点餐吧,我感觉有点饿了。"

"你刚才不是说你吃过午饭了吗?"柚一瞥了一眼浦昭和诺一,又看了看晃着她手臂的嘟嘟,无奈道,"那走吧,我们去点餐。"

兴高采烈的嘟嘟无视浦昭站在他身后发出的死亡光波,屁颠屁颠地跟在柚一姐姐身后,离开之前还不忘丢下一句:"浦昭你先坐,我去去就回。"

坐你个大头鬼啊!

浦昭无奈地蹙眉,瞥到正望着他的姜诺一,僵硬的嘴角用力地扬了扬扯出一个笑容,不用想也知道比哭还丑。

他别扭地在诺一对面坐了下来,视线却从不敢停留在诺一身上,被动的局面几乎禁锢住了浦昭,诺一的目光像蜘蛛捕食猎物时吐丝紧紧缠住一般缠着他。

"不好意思,请问你的外套在哪里买的啊?我好喜欢这个款式的衣服……"

浦昭低头瞅了一眼身上的休闲款外套,仔细想了一会儿:"这个好像是上个月买的,这个牌子的衣服穿起来蛮舒服的。"

诺一看似在听浦昭的话实则眼睛都长到了那件宝蓝色的外套上,像个看到糖果的孩子眼里发出星星般的光芒。简单的两句话在两个人之间似乎起了化学反应，而这都要归功于浦昭早上随手拿的一件外套。

浦昭有些哭笑不得，但至少找到了彼此相似的地方不至于让僵住的气氛继续凝结下去。

"在聊什么？"

浦昭起身接住柚一手里的餐盘："聊点男孩子感兴趣的话题。"

"什么话题？我也要听。"嘟嘟捧着大杯可乐坐上椅子，大眼睛里满是疑惑。

"没事，喝你的吧。"浦昭摸了一把嘟嘟的头，坐在了他的旁边。

"不说就不说呗，我还不想听呢，哼！"嘟嘟头一撇转向柚一，"柚一姐姐，你今天是出来约会吗，连身上都是香喷喷的。"

浦昭听到"约会"两个字时猛地抬起头瞪圆了眼睛，却在两秒后挪开视线低下了头。他揉捏着吸管，心里揪成一团，想知道答案又怕是个坏消息，假装不在意却竖起了耳朵。

"你这小豆丁懂的倒是不少，我只是去超市买点东西而已。"

嘟嘟继续说："骗人的对吧，骗人的。柚一姐姐明明就是去约会的！头发也是干净的，身上喷得香香的。"

"而且还是和男生一起出来的，这不就是约会吗？"嘟嘟琥珀色的瞳孔闪动着水光，笃定的语气像个深谙世事的大人。

"和男生一起出来就是约会，那你和他呢？"诺一指着身旁的浦昭问嘟嘟，"是不是也在约会啊？"

嘟嘟翻了一个白眼，解释道："约会，是指一个男生和一个女生，

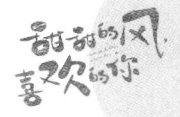

男生和女生都会在约会那天精心打扮。我和浦昭都是男生,而且我们是舅舅和外甥的亲属关系,怎么能算约会?"

"你这一通舅舅外甥的把我都绕蒙了,人不大,逻辑思维倒是很清楚嘛。"

嘟嘟捧着纸杯眼睛盯着诺一,嘴巴却不忘嘬着杯子里的可乐,盯了好一会儿才松开含在嘴里的吸管,打了一个嗝:"哥哥,你是柚一姐姐的男朋友吗?"

"咳……什么东西?"被饮料呛到的诺一惊恐地睁大眼睛。

"对吧,是男朋友吧?虽然柚一姐姐什么都好,就是这个眼光差了一点。"

柚一强忍着笑递给弟弟一沓纸巾。浦昭坐在中间有些难为情,一边在心里为嘟嘟的做法鼓掌,一边又纠结着要不要出面化解这场闹剧。

"我长得这么帅,当你柚一姐姐的男朋友,不觉得有点暴殄天物吗?"诺一头也不抬。

"哪有自己夸自己好看的,不要脸!"嘟嘟吐着舌头做鬼脸。

"你都多大了还和小孩子吵架?"柚一微微蹙眉,瞪了一眼诺一,"就不能稍微让一下他吗?"

坐在一旁的浦昭开口替诺一辩解:"是嘟嘟过分了,不怪他。十分抱歉,给你们添麻烦了。"

诺一深深地吸了一口气,伸手挡在浦昭面前:"不接受道歉!"

"你刚才不是问我是不是姜柚一的男朋友吗?我现在回答你,

我是！"诺一脸上挂着看戏的表情，"你再怎么喜欢她也是我的，不是你的。"

嘟嘟委屈地吸了两下鼻子，眼泪在眼眶里打转。

浦昭抱起嘟嘟，拍着他的后背："没事儿啊，没事儿了，男子汉大丈夫不可以因为小事就哭哦，不然你的柚一姐姐会笑你的。"

柚一拉着诺一道歉，临走前还让诺一给嘟嘟鞠了一躬，四个人就这样不欢而散了。

嘟嘟垂头丧气地趴在浦昭怀里不肯抬头，无论浦昭怎么哄。

"这不是你平时的作风啊，平时你跟我吵架的时候不是挺厉害的吗，今天怎么气势上弱了这么多？"

"……"

"嘟嘟？嘟嘟？"浦昭察觉到异样想看嘟嘟在做什么，但嘟嘟怎么也不肯露出脸来。

嘟嘟的头垫在浦昭的胳膊上，是浦昭的视野死角。他越是想知道嘟嘟在做什么，嘟嘟越是向相反的方向扭头。直到浦昭意识到不对劲揪着嘟嘟耳朵，才发现这孩子正在偷吃薯条，嘴角沾满番茄酱，被发现后咧嘴一笑，门牙上还残留着番茄酱。

"不是在哭吗，怎么还吃上了？"浦昭一笑，拿起纸擦了擦嘟嘟的小花脸，眉眼当中是挥之不去的温柔。

"谁说我哭了？我只是不想让你继续道歉罢了，明明不是我的错，凭什么你要道歉，我不准！"

浦昭将嘟嘟放在椅子上，清理了他脸上的食物残渣一本正经地

望着他,说:"嘟嘟,你要知道,一切因为你的言行影响到大家的关系,你都是需要和当事人道歉的,这是礼貌问题。嘟嘟很讨厌没有礼貌的人吧,所以,不要无缘无故给别人添麻烦知道吗?"

"我知道不要给别人添麻烦,但我就是不想让浦昭道歉,而且我又没有让他呛到,他自己的问题又不怪我。"说着说着,小家伙的眼泪又涌出来了。

浦昭心疼地往怀里搂了搂嘟嘟。

"嘟嘟呀,这里人这么多你确定要这么哭下去吗?"

"不——不想。"嘟嘟努力吸着鼻子。

浦昭揉了揉嘟嘟的头发:"哎哟,这个小爱哭鬼!"

他单手抱起嘟嘟扛在肩头:"走吧,我们去找点好玩的,怎么样?"

"去,去超市。"刚刚哭过的嗓子还有些哽咽,抓着浦昭脖子的小手还是滚烫的。

浦昭点头应着,抱着一个小家伙,格外引人注目。

平日里的浦昭出门前都要洗个澡,整理干净,格外注意形象,但偏偏今天在邋里邋遢的时候遇上认识的人,还要在假日的街道上抱着缩成一团的嘟嘟。

把其中一件事单拿出来,都足够他愁上一段时间,郁闷一会儿。

可偏偏浦昭是个从来不会沉浸在不良情绪里的聪明人,口中哼唱着嘟嘟喜欢的歌有一下没一下地拍打着嘟嘟的背，像在安慰一只受惊的猫。嘟嘟整个人缩在浦昭怀里，可以感受到声带振动的节奏。

他抬起小脑袋，在浦昭的脖子上蹭了蹭，倒真像是一只猫在寻求安慰一般。

"嘟嘟，你是不是在往我衣服上蹭鼻涕？"

"你说有就有吧，放我下来！"嘟嘟不老实地晃着腿。

浦昭放下他。

"别乱跑！"放下嘟嘟后，浦昭身子轻快了不少，隐隐约约理解了十月怀胎的不易，这想法冒出来后他毫不留情地把它屏蔽掉，然后开始不断思索着自己为什么会有这么奇怪的想法。

"嗡"的一声，是手机在振动。他伸手去摸，打开后发现是柚一的语音消息。他犹豫着要回复什么，想破脑袋也没有想出来，最后决定不予回复，关上手机扔进口袋小跑着跟上嘟嘟。

"你怎么这么慢？"嘟嘟抱着零食仰起头问浦昭。

浦昭摇头接过嘟嘟怀里的糖果原封不动地放了回去："糖果，不许吃！膨化食品，不许吃！冰激凌，不许吃！"

"那我们还来超市干什么？"

浦昭耸耸肩："买菜，买日常吃的东西，就是不许吃零食！"

"嗡——"的振动声一阵接着一阵，嘟嘟听了一会儿皱着眉头指着浦昭的口袋，问："浦昭你口袋里藏炸弹了吗？"

被忽然点名的浦昭僵了一下："没有啊，哪儿来的炸弹？"

他抿着唇挑着眉装出一副淡然的样子，手指飞快地捻来一个食

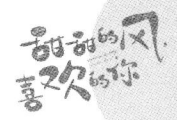

品袋，把选好的青椒打包，扔进购物车里。

"浦昭，我要喝这个！"嘟嘟费力地拖着一箱饮料出现在浦昭面前。

"这么多，你确定喝得完？"

嘟嘟一屁股坐在饮料箱上，一并被浦昭放进购物车里。

"柚一姐姐买了好多这种饮料，我也要喝。"

浦昭边推着购物车走，边数着摆放整齐的饮料瓶，念了句："回去要是喝坏了肚子可不要找我啊，是你自己作的。"

"你不要和我抢就谢天谢地了。"嘟嘟蹲在购物车里读着饮料箱上的字，"即日起，全家三人游抽奖凭借瓶盖上的中奖字样换取……"

"中奖？概率太低了不要妄想了。"

嘟嘟向后一仰坐在购物车里和浦昭对视："我又不是为了中奖才买的。"

"对对对，都是为了你的柚一姐姐。"

浦昭推着购物车，嘟嘟坐在购物车里撑着下巴看他，过往的路人总是会停下脚步揣测一会儿两人是父子还是兄弟。若是父子，女生们总是会感叹究竟是什么样的女人能够嫁给浦昭这样温文尔雅的男人，生出一个颜值在线的儿子；若是兄弟，又免不了想要去看看是什么样的父母生出这么好看的两个孩子。

两人就这样在人们的注视当中气定神闲地走出超市。回到家，嘟嘟就迫不及待地让浦昭打开了饮料箱抱着一瓶捧着一瓶品尝了起来。

他喝了一口后还吧嗒几下嘴，感慨道："果然是柚一姐姐喜欢的饮料，真的是太好喝了！"

浦昭摇头咋舌，脱去外套开始把买来的蔬菜分类放进储藏室。等他整理好出来，嘟嘟已经躺在沙发上睡着了。他低头看着手里拿的汉堡排轻叹了一口气，本来想给嘟嘟做点好吃的，现在看来也不需要了。

给嘟嘟盖好被子，他回到自己的卧室翻出一本年代久远、书页已经泛黄的书。他喜欢读书的理由很简单——能让他在自己的精神世界里放纵一会儿。他有一柜子的书却少有撼动他心灵的书籍，与其说他是个沉默的读者，倒不如说他是吸收书中精华像海绵一样活着的人。他纤长白皙的手指拿起一支钢笔在本子上写着什么，写到关键的地方却怎么也落不下笔，打开手机想放一首歌来听却意外地发现顶着大红点点的聊天软件消息：

"嘟嘟还好吗？今天真是对不起，给你添麻烦了。"

"要不然我让诺一再次道歉好了，嘟嘟是不是还在生气啊？"

"你到家了吗？"

……

寥寥几行就足够温暖他的心头，他的笑意从未消失在嘴角，暖意从心底一直蔓延到额头。他想了一会儿回复柚一："刚刚到家，嘟嘟已经睡下了，他累坏了。"

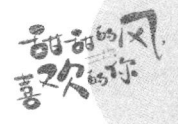

他刚刚回复过去，柚一的语音电话就拨了过来，他愣了一下接通。电话那边的声音还是熟悉的清冷："没有打扰到你吧？我刚才，刚才看到你的消息有些太激动了，嘟嘟怎么样？"

"小孩子的脾气都是一阵一阵的，睡一觉就忘得一干二净了。"

"那就好，那就好。"她重复着，像是安抚着谁。

"你，吃过饭了吗？"

"啊？哦，还没，我们现在还在下棋，过一会儿才吃晚饭。"

浦昭扶额，问着自己，为什么会问出吃没吃饭这么尴尬的问题，手指穿过头发拨弄几下不知道该怎么继续聊下去。

"没什么事我就先挂了，我正在和别人下棋。"柚一的话直白又伤人，但在浦昭眼里这是属于这个女孩子独特的幽默。

"好，那你好好地分析棋局不要输得太惨。"

"我这么聪明怎么会输得很惨，不对，我根本就不会输！"

柚一的声音刚刚结束电话那边又传来一个男人的声音："你已经被将死了，乖乖认输吧！"

"又输了，让我三个，让我三个！"柚一恳求的声音传进耳朵让浦昭有些意外，他在心里暗暗窃喜，原来她也有可爱柔软的一面。

气急败坏的柚一拿起手机抱怨："都怪你，因为给你打电话，我都输了！"

"不要那么逞强，可能你不给我打电话也注定是输的，怎么能怪我？"浦昭笑得眼睛眯成了月牙儿，"技不如人就要老老实实承认，姜选手。"

"啧啧啧，真是个直男……我挂了，再见。"

挂了电话，柚一立马发过去一个做鬼脸的表情。坐在另一边的林霍催促道："赶紧的，别玩手机了，再来一盘，再来一盘。"

柚一放下手机与林霍对视一眼："我这次要认真了哦，我这次真的要认真了！"

"快点吧，你！"

棕色的木质棋盘上黑白棋子博弈，林霍的黑子不断吃着柚一的白子，柚一连连求饶却还是被林霍的白子淘汰。从柚一两姐弟到来开始，林霍的笑容就没停止过，林霍拉着柚一下围棋，诺一坐在摇椅上抱着猫看着两个人的战况，时不时指点柚一的"江山"一番。

"啊，又输了！"柚一哭丧着一张脸，"我太难了吧。"

"笨死了。"撸猫的诺一鄙夷着。

"姜诺一！"

诺一抱着猫往屋外走，脚下的步子急促，生怕下一秒便会被柚一按在地上揍一顿，抓紧时间溜之大吉。

"老爹，我饿了，可以做饭了吗？"

"饿了啊，那我去做饭，柚一想吃点什么？"

"不想吃，郁闷！"柚一耷拉着脑袋趴在桌子上。

林霍笑着，眼尾卷着慈爱，说："吃饱了才有力气继续输，多吃点。"

"那我要吃肉，吃肉！"

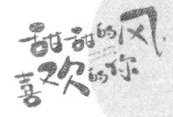

诺一从门口探出半个脑袋:"猪肉现在这么贵,把你卖了也买不了两斤猪肉。我刚才看了冰箱里有够涮羊肉的食材,吃火锅吧。"

林霍疑惑地看向诺一,家里冰箱里除了一些中药什么都没有,哪里来的火锅食材。诺一低着头撸猫,感觉到林霍的视线看了过去咧嘴一笑。

林霍挪着步子去厨房,菜板上已经摆满挂着水珠的涮菜,年过中旬的他顿时有些伤感鼻腔酸涩。

"别哭哦,老林,你在我心里的形象可是很威武很高大的,要保持住。"柚一抱着胳膊倚在门边,上次意外闯进老林办公室,在办公室里发现了老林最近在吃的心血管的药物,她把事情告诉诺一,这才有了今天这一出戏。

林霍双手往后一背,睥睨着两姐弟,冷哼:"我可不服老!"

"那怎么还吃上中老年的保养品了呢?"诺一瘪嘴,"真是死鸭子嘴硬!"

柚一打了个哈欠,泪在眼眶里打转:"老林,我想吃蛋炒饭!"

"我也要,我也要!"

诺一附和着柚一。

林霍做的饭在两姐弟心中的地位一直很高,甚至连外面饭店的厨师都赶不上。姐弟两个最喜欢的就是林霍做的蛋炒饭,百吃不厌,若要问起蛋炒饭有何不同,谁也说不上来个缘由。

大概就是一种藏匿在漫长岁月里的味道,是回忆,也是幸福。

"那我先去买几个鸡蛋,你们去玩一会儿,做好了叫你们。"

"好。"

目送着林霍出门,柚一凝视着客厅一整面墙上的荣誉证书,凑近后心底翻腾酝酿着某种情绪。

"你那时候是不是比现在瘦?"诺一的胳膊搭在柚一的肩膀上,盯着墙上最近一次的获奖照片。

"你管我!"

柚一甩开诺一的胳膊,折回书房。

"我要洗苹果,你吃不吃?"

"随便!"

无聊的柚一拾起林霍桌上的书本,坐在棋桌前细细地翻。

"怎么把路都困死了?"拿着苹果走过来的诺一看着棋局上的乱棋皱着眉头。

从书本上移开视线的柚一瞥了一眼刚才和老林下的棋,胳膊立在棋桌上垫着下巴:"不堵死白棋,怎么定输赢?"

"我的意思是白棋有办法出来,你看我给你演示一下。"

诺一拿着白棋落在黑棋围住的三子之中,处处直逼黑棋气门,三颗白子便吃掉大片。柚一看得认真,思维跟着棋子跳动着。

"这样,肯定就是白棋赢啊,怎么就放弃了呢?"

怎么就放弃了呢?

这句话既是在问白子对于当局的阵势沉不住气,也是在问柚一为什么不多坚持一下。问的是围棋,也是问她选择的命运。

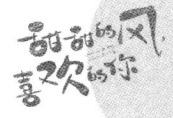

柚一笑而不语，拿起诺一给的苹果狠狠咬了一口，满口冰凉但酸甜多汁。

"咋还看上书了，写了点啥？"

"不知道。"

"看半天不知道讲的是什么，那你是在数字数吗？"

柚一剜了诺一一眼，诺一立马变得乖巧起来。柚一翻着书，翻了几页后愣住又翻了回去，细细品着上面的句子，与笔者站在了同一个角度。

"以为是无聊的文字，却扎扎实实落在心里。"

浦昭在日记本上写下这样一句话，室内只开了一盏小灯，墙面上映着他的影子。熟睡的孩子被灯光晃着眼睛，醒了。

"浦昭，我饿了……"嘟嘟的声音有点小并没有引起浦昭的注意，于是他掀开被子小跑过去，将脸贴在浦昭的背上。

"醒了啊？"

"我好饿啊。"

浦昭抱起嘟嘟放到沙发上，随手打开灯嘱咐道："我去做饭，你自己坐一会儿。"

拿出一口平底锅淋上一层油，转身去拿汉堡排放进了锅里。腌制好的速冻食品浦昭是很少买来给嘟嘟吃的，今天他却在冰柜里拿了好几块。

"是汉堡排吗？好香呀。"嘟嘟跑进厨房看着锅里的肉排咽口水。

浦昭蹲下来捏嘟嘟的脸:"稍稍让你放纵一下,这类食物对身体不好,所以不可以多吃知道吗?"

"知道了。"

浦昭抱起嘟嘟让他体验一下做饭的感觉,嘟嘟半眯着眼睛不敢下手生怕油星溅到身上。

"煳了,煳了,要煳了。"

"不会的。"

"啊,救命啊。"

"哈哈哈哈哈……"

两个人在厨房里闹得不亦乐乎,十分钟就可以做好的饭愣是拖了半个小时才结束,浦昭端着两块火候明显过老的汉堡排放在了桌上。

"来吧,今天的掌勺厨师是我们的嘟嘟,让我们来品尝一下吧!"

"一定很好吃的,因为超市的阿姨都会腌制很久,肉都超香的。"

浦昭拿起手机拍了一张嘟嘟和他作品的合影,手机的信息铃声响了一声,是柚一的消息。图片是煮得沸腾的火锅和一碗蛋炒饭,令他在意的是镜头里露出的那双手,那是他见过的,手腕上还戴着白天的护腕。

不知怎的,他脸上的笑容敛了起来。

"怎么了?"嘟嘟歪着头看浦昭。

他立马又露出笑容:"没事,吃饭吧,尝尝我们嘟嘟大厨做的菜怎么样。"

嘟嘟咬了一大口,满足地笑着。

浦昭看着嘟嘟的表情也跟着笑了起来,垂眼视线落在手机上表情又变得凝重起来。

"吃饭就吃饭,怎么老盯着手机?"

林霍夹了块羊肉放进柚一的碗里,柚一抬头一笑应了一声:"好,不看了。"

"姐,你不吃——"诺一塞了一块肉在嘴里,"我替你吃。"

"放心好了,便宜不了你!"

诺一虎视眈眈地盯着柚一手边的蛋炒饭,试探着问:"姐,蛋炒饭吃不了吧?我可以帮你。"

"吃不了也不给你!"

"怎么能浪费粮食呢,对得起每天辛辛苦苦研究种粮食的袁爷爷吗?"

柚一皱着眉头在诺一的注视下捧着碗塞了一大口在嘴里,放下碗挑着眉毛看他:"好吃!"

不等诺一反应,她转头给林霍夹菜:"老林,多吃些木耳、豆芽还有豆腐,这些都是对身体好的。"

"那是得多吃一些,我还等着你登上为国争光的赛场呢。"

林霍的话让柚一动作一顿,情绪没有维持太久,转瞬即逝,她又扬起一个笑容调侃林霍,坐在一旁的诺一将画面尽收眼底,心头一揪。

"姐,分我一点蛋炒饭吧,就一点!"

"还给我,姜诺一!"

林霍笑眯眯地看着两个孩子打闹,感叹着时光流逝,转眼的工夫,两个孩子都已经长到了这么大,这么优秀。

清晨醒来的柚一迷迷糊糊的,在餐桌上抓起一瓶水,"咕咚咕咚"两口,恍惚中想起饮料的中奖活动,拿着瓶盖仔细分辨着上面的字体。

"啊!"

她揉了揉眼睛确认自己没有眼花,激动得说不出话来。

"大早上的,你看到自己素颜了?"诺一揉着头发从屋里走出来,满脸郁闷。

"哪儿有老鼠,哪儿呢?"林霍拿着扫把冲到柚一身边,"别怕,有我在呢。"

柚一举着瓶盖炫耀着:"都不是,是我中奖了!"

弄清乌龙之后,林霍放心地呼出了一口气,点头重复道:"那就好,那就好。"

诺一仿佛还是在状况之外,挠着鸡窝似的头发半眯着眼:"你去哪里中奖,不要搞了,困死了!"

柚一沉默着思索一会儿,开始怀疑自己的眼睛,看了看手里的瓶盖又瞅了瞅打哈欠的诺一,一个箭步冲了过去。

"你看看上面的字,是不是中奖了?"

"我不看,我要睡觉。"

说着诺一转身就往卧室里走。

柚一见诺一的态度来了脾气,飞奔过去胳膊夹住诺一的脖子,逼着他去看手里的瓶盖。

"你给我看!"

"特……等奖,真的中奖了?"

"对吧,对吧,就是中奖了!"柚一抓着诺一的胳膊摇晃着,忽然想起刚才诺一的话一巴掌拍在他的头上。

吃痛的诺一龇牙咧嘴求饶:"我错了,我错了,姐。双人游的话,姐你准备和谁一起去?你可爱的弟弟有的是时间。"

"谁搭理你啊?我要和老林一起去。"

"去干吗?"在卫生间里洗漱的林霍听到两个孩子的讨论声走了出来,他头上顶着柚一的红色鹿角发带,嘴里含着牙刷,嘴角还挂着白色的泡沫。

"我看看啊,巴厘岛双人游二十日,是出国呀,老林!"柚一举着手机,上面是扫二维码弹出的界面,手舞足蹈。

"一天两天我可以去,二十天可不行,这段时间协会有不少事呢。"林霍转身去洗脸。

"那不就浪费了吗?老林,我还没出国度过假呢,跟我去吧。"

林霍对着镜子刮胡子,柚一嘟着嘴靠在门口撒娇,林霍瞥了一眼柚一淡淡开口:"不行啊,真的不行。诺一不是还等着你翻牌子呢,带着他去,遇见危险还能让他挡一挡。"

"对!"坐在沙发上的诺一听到自己的名字一下子弹了起来冲到卫生间门口,"老林的话真的一丁点毛病都没有,带我去吧,姐!"

柚一伸手挠了挠眉毛,瞥了一眼诺一,叹了一口气,妥协:"行吧。"

早晨八点的阳光照在灶台上煮好的白米粥上,浦昭小心翼翼地盖上盖子关了灶火,用抹布搭在发烫的把手上端起,放在餐桌上的隔热垫上,掀开盖子阵阵米香溢出。

"嘟嘟起床吃饭了!"浦昭盛好两碗粥,解开绑在身上的围裙,准备亲自叫嘟嘟起床吃饭,刚迈了两步就踢到了嘟嘟昨天半夜非要回购的饮料箱子上。

"不要踢我的饮料,不要踢!"嘟嘟从房间里小跑着出来,手上还抱着鲸鱼玩偶,耳朵上挂着青蛙眼罩,身上的恐龙睡衣耷拉在肩膀上露出白嫩细滑的皮肤。

"我不是故意的,赶紧去洗漱。"浦昭把嘟嘟耷拉在肩膀上的睡衣拉了上去,推着他往卫生间方向走。

浦昭站在门口监督着嘟嘟洗漱。嘟嘟的小手捧着水洗脸,顶着带水花的脸朝向浦昭,立马就被一张柔软的毛巾包裹住。

"行了,吃饭去吧。"

"啦啦啦啦!"嘟嘟小跑着来到餐厅,拉开浦昭的椅子后跑到另一边也拉开椅子爬了上去。

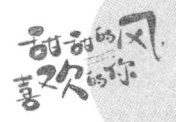

整理好盥洗台的浦昭洗完手，关了灯，转身要去餐厅，脚又一次被纸箱"攻击"。他感到自己狂躁到了崩溃边缘，双手抱着脚轻轻"嘶"了一声。

"你这个破箱子到底要摆到什么时候，买这么多你喝得完吗？就一个饮料也不至于让你大半夜去承包半个储藏柜，走之前超市经理的嘴巴都要咧到耳后了，你一次消费就顶上他半年的销售量了吧。"

"如果我下一瓶中奖的话，那剩下的那些就可以退回去了。我就是害怕柚一姐姐抽中嘛，如果我也抽中，那我们就一起去旅行。"嘟嘟抱着饮料瓶痴痴地笑。

"吃饭吧，别做梦了。"

"才不是做梦呢，帮我开一下。"嘟嘟把手里的饮料推给浦昭。

浦昭接到手里拧开后还给嘟嘟："喝吧，你！"

嘟嘟一手拿起瓶盖，一手捧着饮料瓶送到嘴边："嗯……"

"干什么？"

"中奖了，中奖了！"嘟嘟从椅子上站了起来，跳起了自创的舞蹈。

浦昭夹起一个煎蛋放在嘟嘟碗里："吃饭吧，不要闹了。要是那么容易中奖这个世界上的人就不需要努力工作了，都去买彩票了。"

"你看嘛！"嘟嘟高举着瓶盖展示给浦昭，"没错吧，我就是中奖了。"

"中奖率这么高,这个饮料是不是销量不行啊。"

浦昭嘴上嫌弃着手上却放下了筷子,去拿饮料,打开瓶盖后得意一笑:"我也中奖了。"

"真的吗?"嘟嘟小跑着爬上浦昭的腿,确认后手舞足蹈地跳了起来,"要去旅行了,不用上学啦,不用上课啦,哈哈哈哈哈!"

"马泽童,你刚才说什么?"

周一早上八点整,姜家两姐弟已经到达机场。林霍开车送两姐弟的一路上都在嘱咐安全问题和饮食问题,临走时还非常不放心地重复好几遍。送走老林后,两姐弟开始伤感起来。

"姐,我不想去了,我回去。"

"你回去吧,我自己去。"

"不行!"诺一立马换上一副洒脱的样子,"我当然要去,你是不可能甩掉我的。"

不等诺一说完,柚一拖着行李箱就往安检口走。黑色宽条纹的长袖搭上一条灰色的运动裤,及肩的长发垂落在肩膀上随着柚一的动作跳动着。

"姐,你怎么不等我啊?"诺一夺过柚一手里的行李箱一屁股坐了上去用脚滑动着行走。

"让你好好感伤一会儿,不想打扰你。"

诺一摇着头咋舌,看着偌大的机场感叹:"我还从来没来过国际机场呢,果然感觉就是不一样。"

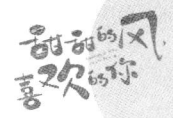

　　两个人顺利找到导游小姐,在导游小姐的帮助下办理了行李托运,之后就一直和随行的老爷爷老奶奶坐在一起聊天。"老年团"中加入了新鲜血液自然少不了受关怀,两姐弟刚坐下就被围了一圈。

　　一个老奶奶指着诺一激动地讲:"我就看你这个小伙子特别眼熟,是不是明星啊?"

　　诺一被夸得面颊通红:"不是的,我不是明星。"

　　老奶奶继续说:"这个小丫头长得也好看,看着也有点眼熟,像那个前阵子上新闻的运动员叫什么姜柚子……"

　　坐在柚一旁边的诺一被逗得哈哈大笑:"姜柚子,哈哈哈哈哈,姜柚子。"

　　"奶奶还真是会说笑,我就是一个普通人,才不是什么姜柚一。"柚一谦虚地讲着,脸上的笑容十分和蔼,讲到激动的地方手还在面前挥了一下。

　　"啊,对了,姜柚一,老了记性不好了。"老奶奶笑着解释,"你真是她?"

　　诺一笑着回答老奶奶:"奶奶,她就是姜柚子,柚子!"

　　柚一横了一眼诺一,笑着回答老奶奶的问题:"奶奶,你别听他胡说,我不是姜柚一。"

　　"没错,你是姜柚子,哈哈哈哈。"

　　柚一牙齿咬得咯咯作响,面向老奶奶是笑着的,转过头后就给了诺一一个栗暴。

"飞往巴厘岛的旅客请注意：您乘坐的 MU7766 次航班现在开始登机。请带好您的随身物品，出示登机牌，由 4 号登机口上 17 号飞机。祝您旅途愉快。谢谢！Ladies and Gentlemen, may I have your attention please: flight MU7766 alternated……"

　　一行人听到广播在导游小姐姐的引导下拿着机票在登机口排起了队，为了确保活动可以安全进行，赞助公司的秘书过来确认活动人数将导游小姐姐叫到了队伍后面核对资料。

　　"现在还差一个大人和一个小孩没有到。"

　　秘书小姐看着参加活动的人员名单确认后，认真嘱咐导游小姐："再等五分钟，如果还没有到的话就取消这两位的活动资格。"

　　"好，我知道了。"

　　因为前一天太激动导致睡不着的两人早上成功错过去机场的大巴车，风风火火赶到机场门口就听到了机场的广播，嘟嘟被浦昭夹在胳膊下飞奔到登机口。

　　"我们……到了……哈。"

　　气喘吁吁的浦昭连完整的一句话都说不出来，秘书小姐确认好两位身份后让导游小姐带着两个人去登机并祝愿两人旅途愉快。

　　登机之后的浦昭和嘟嘟没说两句话便睡了过去，醒来时已经到达了登巴萨国际机场，迷迷糊糊地跟着一行人上了机场大巴到了酒店又沉沉睡了过去，就连酒店准备的晚餐都没有碰。

　　第二天一早，导游小姐姐敲门叫醒两个人后带着一行人去吃早

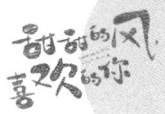

饭,导游小姐简单介绍了今天的游玩项目是坐缆车到悬崖海滩拍照玩水。参加活动的总共二十八人,四个人一组,共七组,抽号码牌决定分组结果,抽到同样颜色的人分在一组。

吃过早饭后,一行人到缆车出发口根据颜色寻找自己的组,柚一和诺一拿着蓝色的牌子在众多颜色中寻找同组的人,远远看到一个小孩子拿着蓝色的牌子挥动着。

"在那里!"

两人快走了几步,看清楚蓝色牌子的人后两姐弟对视一眼,异口同声:"这世界太小了!"

闻声的嘟嘟和浦昭见到两姐弟也愣了好一会儿才反应过来,嘟嘟抱着柚一的大腿撒着娇:"我就知道柚一姐姐一定能抽中奖的,这样我们就能一起旅行了。"

"才不是你们一起旅行,我们这么多人还在这儿呢。"诺一一把从柚一腿上拎起嘟嘟。

"我说是就是,这是我和柚一姐姐的缘分!"

"才不是!"

"就是!"

嘟嘟和诺一吵了起来,浦昭抿着嘴看向柚一:"要不,我们当作不认识他们吧。"

柚一听完拼命地点头表示认同:"我看可以。"

浦昭伸出手攥成拳头:"组队吧,姜选手。"

柚一伸出自己的手碰上浦昭的手:"叫我柚一就好!"

"好，柚一……"

柚一身上淡淡的睡莲香在浦昭面前一晃而过，浦昭摸着自己的胸口，感受忽然加速的心跳，不可思议地看着刚刚和柚一碰在一起的手掌。

"浦昭，上车啊！"

浦昭闻声缓过神来，柚一已经坐在缆车里，他"哦"了一声大步流星跟了上去，一双少女的手伸到他面前，他晃了神。

"快点，要开了。"

"好。"

浦昭把手搭在她的掌心，她的指尖有些凉在他温热的掌心拨弄，痒痒的。上了缆车站稳了才看清柚一身边坐着的男生正盯着他，他立马意识到自己握着的手是一个有男朋友的女生的，收回了手说了句谢谢坐在了嘟嘟身旁。

"柚一姐姐，你什么时候和浦昭变熟了呀？"

"这个问题——"柚一看了一眼浦昭笑着回答，"如果顾客算上帝的话，那我愿意紧紧抱着上帝的大腿。"

嘟嘟歪着脑袋并不明白其中的意思，转头问浦昭："柚一姐姐说的是什么意思啊？"

"这件事情说来话长，等有时间我再告诉你。"

嘟嘟噘着嘴妥协："好吧。"

坐在一旁看戏的诺一睥睨着嘟嘟："小孩子不要问太多大人的事情知道吗？"

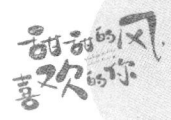

"我没有问太多啊,我只问了一个问题,哥哥你是不会数数吗?"

"这就是你不懂了,一件事情可能会牵扯出很多复杂的事情来,大人的世界小孩子还是不要闯进来的好。"

嘟嘟看看诺一又看看柚一转头又看看浦昭,小嘴一撇,眼泪在眼眶里打转:"你们是不是嫌弃嘟嘟碍事,是不是嘟嘟不乖惹你们生气?"

"嘟嘟别哭,他不是故意的,不要哭了。"柚一心疼,伸手去擦嘟嘟的眼泪,又转头瞪了一眼诺一,"你看看你干的好事!"

"怪我喽!"诺一双手环抱,一副与他毫不相干的样子。

"柚一姐姐,抱!"

"好,抱抱。"柚一伸手抱起嘟嘟,瞥了眼碍事的诺一,"滚那边去!"

诺一嘟嘟囔囔不情愿地坐到浦昭旁边,刚刚坐下就看到嘟嘟在柚一怀里做鬼脸,立马就明白了这个小家伙的用意。他拍了拍旁边的浦昭,凑到对方耳边问:"这孩子这么小就这么有心机吗?"

浦昭认真地点了点头,凑到诺一的耳边压低声音继续爆料:"哭只是一种手段,一旦他发现事情发展对他不利的时候就会出现这样的情况,习惯就好。"

诺一同情地拍拍浦昭的肩膀:"辛苦了,真的辛苦了!"

柚一对两人突然出现的互动感到奇怪,疑惑的视线投向浦昭,他淡淡一笑摇了摇头。

四个人下了缆车，迎接他们的是蔚蓝色的大海和金黄色的沙滩，扑面而来的海风带来的是异域的人文和景色。导游小姐简单介绍今天一整天都要在这里度过，让他们好好享受巴厘岛的浪漫与温柔的同时也不要去打扰来这里举办婚礼的新人们。

接下来的时间都由他们自己安排，浦昭来之前就决定一定要去玩一次这里的滑翔伞，风光旖旎阳光正好的天气最适合极限运动。来之前还担心嘟嘟的年纪不允许玩滑翔伞要怎么办，来到这里遇到了柚一他们就完全不需要担心这个问题了。

"嘟嘟呀，你来一下。"

嘟嘟小跑着扑向浦昭，浦昭一把抱住他："嘟嘟呀，我和你商量一下，一会儿把你交给柚一姐姐可以吗？"

"那你去哪儿？"

"我消失一小会儿，就一小会儿，可以吗？"

嘟嘟用手指戳着下巴思考了一会儿回答："如果你答应回来的时候给我买冰激凌我就答应你。"

"好，我答应你。"

浦昭拉着嘟嘟朝姜家姐弟走去，听完后，柚一也来了兴趣，眼睛里闪烁着恳求的光芒想让浦昭带她一起去。恐高的诺一听到滑翔伞后连连后退抱着嘟嘟让他们两个玩得开心一点。

嘟嘟有人看护，带一个人一起去玩滑翔伞应该也不成问题，浦昭回答："那，好吧。"

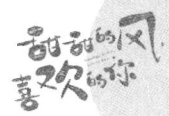

两个人就这样去坐缆车到山坡的另一边玩滑翔伞,柚一的鞋子并不合脚,走在崎岖的山路上会硌到脚掌,但为了去玩滑翔伞她愣是咬牙坚持着。

"你之前有尝试过极限运动吗?"走在柚一后面的浦昭突然开口问她。

柚一摇了摇头回答:"没有,我除了在训练场就是在家里,两点一线从来都没有机会出来走走。"

"除了射击之外,你有喜欢的事情吗?"

柚一想了一会儿又摇摇头:"没有,小时候学习不好喜欢射击天天逃课去看比赛,最后被家里人抓到后约定如果我学得好就同意我当职业选手。后来……"

"后来?"

坐上缆车的浦昭伸手去拉柚一,发现她小小的一只手上满是老茧。

"谢谢……后来就变成了人们看见的样子,年少出名备受瞩目,又在人们质疑的声音里提出退赛。"柚一注视听得格外认真的浦昭,"很任性,对吧?"

浦昭笑了一下,摇了摇头。

"不任性还是不知道?"

深思熟虑过后,他才缓缓开口:"是很洒脱。很少人能在走到顶峰时选择观望,这是一件很艰难的事情,也是一件很有挑战的事情。如果是我的话,可能没有勇气打破这个观念。"

"这是在夸我，还是在损我，我怎么没听明白？就当你是在夸我吧，谢谢。"

柚一望着缆车外的风景，阳光照在她半张脸上，乌黑清澈的眸子，白皙细腻的皮肤，艳红色的唇瓣，每一处都在吸引着他靠近。

"我第一次见你时就说你的眼睛里有故事，现在了解后更加想知道你到底是一个什么样的人。"

"你难道是……"柚一凝望着浦昭，浦昭紧张地吞咽口水害怕被发现什么小心思，然后就听见她说，"是变态吗？"

"变态？"

"就是电影里演的那种窥探别人心理的变态，分析别人想做什么，想想就很恐怖。"柚一双手做防御姿态，不太正经地看着浦昭。

浦昭脸上挂着笑容，阳光从他身后袭来，肩头上盘踞着阳光，柚一看得出神，不知不觉也跟着他笑起来。

眼前的这个大男孩比阳光更加温柔清爽，总是能够被他笑容治愈，若是每次在烦躁的时候见到他，就好了。

她慌乱地移开视线，低下头，躲避着，逃离着。

柚一不断告诉自己眼前温柔的沼泽万万不可迈入，自己的生活一片狼藉不可以把任何人拉进来，眼前的人温柔、阳光又美好，她不可以把期冀寄托在这样一个人身上。

"可以下来了。"浦昭在缆车外看着她。

柚一闻声转头望了一眼伸手过来的浦昭，低声道："谢谢。"

她并没有伸手搭上浦昭的手,以至于下缆车的时候,一不小心没有站稳,跟跄两步便栽进了一个怀抱里。

"小心。"

"谢谢。"

"不用谢,给糖就好。"

柚一低头偷笑,但很快就隐藏好自己的笑意换上一副冷漠的表情。

两个人一前一后到了一家滑翔伞的体验营,浦昭和教练全程用英文交流,听得柚一一个头两个大,站在一边看着窗外滑翔伞的开伞过程。

"柚一,这家体验营有双人滑翔和单人滑翔,你想体验哪种?"

柚一摩挲着脖子难为情地回答:"那个,我不会玩滑翔伞,所以,嘿嘿……"

"那我带你一起玩,可以吗?如果介意的话,我也可以帮你预约一个教练带着你飞。"

柚一思考了一会儿,与其将生命交给一个陌生人,倒不如就近拉一个入坑,信任感这东西在柚一心里是十分不容易产生的。

"这算是拿命在玩吗?"

"算是吧,因为玩之前要签生死状。"

柚一紧抿嘴巴思考,要是现在退回去面子上实在是过不去,但要是真的让她拿生命去下赌注她又要纠结一会儿到底值不值得。

"你慢慢想,我等你。"

浦昭依旧笑着,不催促也不替她来做选择。

这样的相处模式是柚一从来没体会过的,林霍是出了名的急性子,而诺一又是个幼稚鬼,从小到大,柚一根本就不知道遇到选择时应该怎么办,因为不是被林霍催促变成了林霍的想法,就是被诺一偷偷做下决定。

这样舒服的相处模式,给了柚一足够的思考空间,心头油然而生的被信任感恰到好处地安抚着摇摆不定的柚一。她观察着眼前这个男孩子,阳光、帅气、干净、心思单纯、眼神清澈,尊重别人的想法和看法。

"浦昭,你可以带我玩一下吗?"

浦昭正浏览着滑翔伞的类型,听到柚一的请求,点了点头:"可以啊,当然可以。"

柚一也点点头:"好。"

浦昭和专业教练简单交流下选择了一款双人乘坐的滑翔伞,格外认真地和教练学习技巧,尽管那些知识他已经烂熟于心。而柚一一直在整理她的防风服,由于项目火爆体验营只剩下一些男款的防风服,宽大的防风服穿在柚一身上松松垮垮像穿了一件戏服,没耐心的她简单粗暴卷起裤腿和袖子便大摇大摆地走了出来。

"我准备好了。"

正在和教练交流的浦昭闻声转头看她,见她的衣领没有整理好便走过去轻轻地翻过她的领子。

"一会儿飞起来的时候会往里面灌风的,一定要穿好。"说完

他仔细检查柚一的裤腿,又看到她肩头散开的头发,"等我一下。"

浦昭跑向一个刚刚结束滑翔伞项目的金发碧眼的小姐姐面前说着什么。柚一不解地盯着他,猜测着他的目的。小姐姐给了浦昭什么,他拿着就朝柚一跑了过来,走近了柚一才看清他手里握着发圈。

"飞起来的时候头发会抽在脸上,绑起来可以吗?"

柚一木讷地点点头转过身去,浦昭轻轻地打理着少女的秀发,指尖穿过秀发散发出淡淡的冰薄荷与睡莲的味道,温柔、清冷又傲娇。他小心翼翼地不敢让自己的指尖碰到她的皮肤,少女的脖颈白皙与她乌黑的秀发形成鲜明的对比。

"好了。"浦昭红着脸,干咳几声。

柚一眨着大眼睛看他,用眼神询问他怎么了。他摸着胸口安抚了好一阵子,才让极速跳动的心平稳下来。

"走吧。"

"嗯!"

她跟在浦昭身后一蹦一跳。路面并不平坦,她不得不低着头看路,以至于丝毫没发觉前面的人停下了,头撞在了浦昭的背上。

"怎么了?"浦昭转头问她。

"没事,没事。"

"一会儿我们要从这个位置朝山坡下跑,一定要快一些知道吗?"

"好。"

柚一在浦昭的搀扶下坐上滑翔伞,在专业人士的帮助下系好安全设备。浦昭坐在她身边转头看她：".紧张吗？"

她点点头看着前方："有点儿。"

"放心吧，我们的生死状都签在一起了，有我陪你呢。"

两个人在专业教练的帮助下跑了起来，借助风的力量，乘风而起，飘在空中往下就可以观望到悬崖下的壮丽风光。柚一既惊喜又害怕，腿一直在瑟瑟发抖，眼睛也一直闭着不肯睁开。

"原来你也有害怕的东西啊，要是被你的粉丝知道堂堂姜柚一居然恐高，会不会脱粉啊？"

"我不恐高，只是害怕会掉下去。"

"我不都说了吗，我们的生死状签在一起了，你怕什么呀？"

柚一猛地睁开眼睛瞪他："生死状签在一起不算是安慰的话吧？"

阳光照在他们的脸颊上，风也来凑热闹，说话的时候都愣生生地被灌入冷风。

"你看看下面，很美的。"浦昭加大音量，担心风声盖过他的声音。

柚一的五官都皱在一起一直不敢睁开眼睛看，刚才瞪浦昭的时候瞄到地面离她那么远更是战栗起来。

"我不要，我不敢。"柚一排斥地向后躲。

"你看看啊，极限运动就是刺激啊。"

柚一睁开眼睛，望向他："真的？"

"你看看，真的很美。"

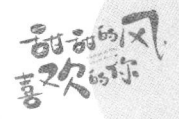

浦昭身体力行地做出表率引导柚一去看,柚一微微睁开眼睛,入眼的是大片大片郁郁葱葱的树林,树叶一簇簇挤在一起看起来像云朵一般绵软。

"啊,妈妈……救命啊!"柚一向后倾斜本能地想躲。

"别动,一会儿你真的掉下去了。"

柚一哭唧唧地看着浦昭,他坏笑一下:"骗你的!"

"我为什么要来啊?呜……"她又闭上眼睛。

"别怕,放轻松,睁开眼睛看看,你会发现真的很美。"

她手上一热,浦昭的手握着她吓得冰凉的手,他的声音很温柔安慰着她。在浦昭的鼓励下,她紧绷的身体逐渐放松下来,慢慢地睁开眼睛,看到的是无边无际蔚蓝色的大海。阳光洒在她的身上暖洋洋的,现在的她体会到了浦昭描绘的美。她转头看向浦昭发现他的视线一直注视着她,四目相对,他撇过头,假装低头看风景。

"你说得没错,确实很美。"

"对吧,带着期待和憧憬冲向天空的时候就会发现眼前的风景并不辜负当初的期望。尤其是心情不好的时候,把所有的烦恼都向外丢出去。"

"你看起来那么温柔也有一个想要征服天空的梦想吗?"

浦昭歪头想了一会儿:"不算是征服吧,更像是求助,求助它吞噬掉我的烦恼。"

"所有的烦恼求助它都会帮忙吗?"

"应该都会帮忙吧,你试试看。"

"那，那我试试看？"

"嗯。"

柚一闭上眼睛做出许愿的样子，阳光斜斜的，打在她的侧脸上，浓密的睫毛微微颤动，嘴角轻轻扬起。浦昭呆呆地凝望着她的脸颊，期待的同时也幸福着。

"好了，我和它商量好了。"

"它怎么说？"

"秘密，不能告诉你。"

浦昭无奈地笑了笑："希望它能解决你的烦恼。"

"不用了，说完之后我已经有答案了，可能我要的不是答案，而是听到自己的心声，之前是我找错了方向。"

她的脸上恢复了自信，仿佛还是赛场上百分之百自信的女孩。她笑着叫他："浦昭，谢谢。"

"不用谢我，谢你自己就好。"浦昭回头对上她的眸子，"自信的姜柚一又有不一样的魅力，我喜欢这个自信起来的姜柚一。"

"我也喜欢。"

浦昭看了一眼公里计数器，转头对柚一说："我们要回去了，一会儿风速带不起来了，抓好哦。"

"好！"

浦昭拉着操作绳转了一个弯，让柚一在半空中体会到了空中版速度与激情，涨红着脸激动得说不出话来。这样刺激的时刻真是让人脸红心跳。

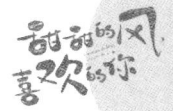

脸红心跳？

意识到什么的柚一回头看了一眼被浦昭握住的手，心跳漏了几拍，呼吸也变得急促起来。她分辨不清这是一种什么样的情绪，唯一确定的是她并不讨厌这种感觉。

"我脸上有什么吗？"浦昭笑着问她。

她点点头又摇摇头，让他感觉有些迷茫："沾到了什么吗？"

"沾到了我的视线，算吗？"话说完好一阵子，她又补充道，"总感觉哪里怪怪的，你当作没听见好了。"

浦昭早已从脸红到了脖子，哪里能听进她的话，只觉得口干舌燥，不停地咽口水。

"你还好吗？"她问。

"啊？有点，有点热……"

"热？发烧了吗？"

柚一从浦昭手里挣脱开去摸浦昭的额头，浦昭这才意识到自己的手一直抓着柚一的手，脸比刚才更加红了，头也耷拉了下来。

"额头不烫，但是你的脸很烫，这是为什么？"

浦昭转头望着柚一回答："可能是那个之前撞起来的包，要变异了吧。"

"变异成……红巨人？"

浦昭扑哧一笑，脸色逐渐恢复到平常的颜色。柚一见他变回正常的样子忍不住用手一戳他的脸，被戳中的地方又变成了红色。

像河豚一样被人一碰就涨成一个球，浦昭的脸被人一戳就变得红红的,她像是发现了新大陆一样惊奇。

"柚一姐姐!"

坐在滑翔伞上的柚一远远望过去看见了嘟嘟和诺一,她摆了摆手笑着看向浦昭。

"我们要下去了吗?"

"嗯,一会儿可能会因为风的阻力被吹得倒着走,所以别慌张按我说的做。"

"好。"

浦昭控制着操作绳降落滑翔伞,滑翔伞和气流相撞导致倒流,两个人倒退几步才站稳脚跟。

"可以了,下来吧,下来帮我拉一下伞。"

"哦,好。"

解开安全固定设备的柚一凭借着弹跳力从滑翔伞里跳了出来,没等她去扶伞浦昭已经站了起来,还冲着她眨了眨眼。

"柚一姐姐!"

嘟嘟跑过来抱住柚一的腿。

柚一俯下身子揉了揉他的头发:"怎么找过来了呀?"

"因为怕浦昭把柚一姐姐偷走,我在那边看见浦昭和柚一姐姐飞起来了害怕他带着你飞到嘟嘟找不到的地方。"

"少来了你,明明就是要吃哈密瓜味的冰激凌找了好几个地方都没有才找过来的。"

喝水的浦昭被诺一的话逗得咯咯直笑,附和着诺一:"这的确

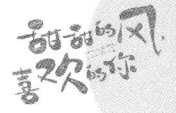

是像嘟嘟做出来的事情。"

"我不得找个借口把你骗出来啊!"嘟嘟瞪了一眼诺一笑嘻嘻地看着柚一,"柚一姐姐你想吃冰激凌吗?嘟嘟最爱哈密瓜味的。"

"你吃吧,我不吃了。"

柚一伸手抹了抹嘟嘟下巴上沾到的巧克力,忽然想起刚才浦昭脸颊的事情,伸手戳了戳嘟嘟的脸颊,正好塞进他的小梨窝里。

"柚一姐姐喜欢嘟嘟的梨窝吗?"

"啊……喜欢,很喜欢。"

不会脸红呢,那是不是只有浦昭的脸才会变红呢?

带着这个疑问柚一假装无所事事的样子凑到诺一跟前,诺一正跟浦昭讨论着滑翔伞的事情,并没有注意到不怀好意走过来的柚一。

"看你好像很熟练很喜欢的样子,怎么没有选择当职业的呢?"

"做很多事情都需要勇气,不是所有人都能拿出那么大的勇气的。"

诺一咂嘴:"那倒也是,当职业的也不是很舒服,想想每天被我的教练魔鬼训练就头大。"

"诺一!"

诺一回头,脸被柚一的手指戳到,一脸疑惑。

"你也不会脸红!"

诺一嫌弃地看着柚一擦了擦自己的脸颊:"多大的人了,无不无聊?"

"你管我!"

见两人吵架,浦昭站出来调停:"你们相处的模式还真是可爱啊。"

诺一瞥了一眼柚一:"我们姐弟两个就是这样相处的,你不要太在意啊。"

"姐弟?"

浦昭微微迟疑,柚一喜欢比自己小的男孩子吗?那自己比她大还是比她小呢?

柚一笑着指了指诺一:"嗯,这是我亲弟弟姜诺一。"

"亲姐弟?"嘟嘟和浦昭异口同声地说着,看来是给了两个人不小的惊吓。

"早说啊,早说你不是柚一姐姐的男朋友,是柚一姐姐的弟弟,我就不会捉弄你了啊。"嘟嘟咧着嘴笑。

"我谢谢你啊!"

柚一后知后觉地反应过来,之前诺一有说过类似他是自己男朋友的话,这才意识到嘟嘟和浦昭一路上都是怎样看他们两人的。

"不过,你们不觉得我当姜柚一男朋友很委屈吗?怎么会有这种想法?"诺一百思不得其解,万万没想到那是缘于自己说过的话。

"委屈你?是委屈我吧,臭小子!"柚一在诺一脑袋上拍了一巴掌,"还不都是你干的好事,现在还有脸说委屈?"

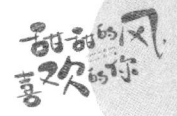

姐弟两个打得不亦乐乎，嘟嘟和浦昭紧绷的神经都松弛下来，得知柚一没有男朋友的嘟嘟和浦昭走路都要飞起来了，脸上是掩盖不住的笑意。

"浦昭！"

"啊？"

嘟嘟止步不动，眨着大眼睛看他："你喜欢柚一姐姐吗？"

"这个问题……我没有办法回答你。"

浦昭不知道该怎么和嘟嘟解释自己对柚一的感觉，他自己都没有十分肯定对于柚一的感情归类，连他都没有分清的事情更何况是一个小孩子呢。

"不要讨厌柚一姐姐，好吗？"

"啊？"

"我刚才站在你们降落的地方看见你对柚一姐姐都爱搭不理的，你是不是不喜欢柚一姐姐啊？"

"没，没有吧。"

"没有就好，我刚刚还担心来着，你不讨厌就好。"

嘟嘟重新握住浦昭的手心情也逐渐转好。被嘟嘟提了一嘴的浦昭一路上都在思索他什么时候做出了不礼貌的事情，想得格外出神，以至于没有看清酒店擦得锃亮的玻璃门径直撞了上去。

四个人打打闹闹错过午餐只好默默在沙滩上玩水等待晚上的烤肉party，烤肉也是分组进行的，炭火、肉和蔬菜吃到饱为止。柚一和嘟嘟腌肉，浦昭和诺一生火烤肉，四个人的分工合作配合默契很快便吃到了晚餐。

"姐，我要喝饮料。"

"自己去倒。"把五花肉放进嘴里的柚一瞥了一眼诺一，含混不清地说道。

"柚一姐姐，我也要喝。"

"好，我帮你倒。"

嘟嘟得意地仰起脸，摸着诺一的头安慰他："不要哭，不要哭。"

"嘟嘟，你的手全是油还摸别人的头发！"浦昭拿着一瓶水递给诺一，"没有饮料，你凑合一下吧。"

"谢谢哥！"诺一看着浦昭鼻子上的创可贴忍不住笑了出来，"对不起，哥，我不是故意的。"

浦昭摸着鼻子，耸耸肩膀："没事，你笑吧，我自己也想笑自己干的蠢事，居然会撞到玻璃门上。"

"去医院处理了吗？"

浦昭摇头："这里离医院很远，要坐很久的车，柚一帮我处理的。"

诺一想起小时候受伤让柚一处理伤口的事情不禁打了一个寒战，从心底佩服浦昭的勇气。

"你敢让我姐来处理伤口，哥，你绝对是滑翔伞中的战斗机！"

"有什么问题吗？"

"我小时候摔倒胳膊破皮，老爹又忙没时间管我就让姐给我处

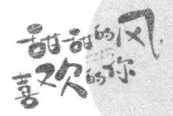

理的伤口,我这辈子都不会忘记她是怎么摧残我的。当时我的胳膊只需要消消毒就好,可她偏偏把我的胳膊包扎成了骨折病人同款,害得我被全小区的孩子笑话是个大姑娘。"

浦昭凝视着那个和嘟嘟看海的姑娘,触动了心里最柔软的地方,他忽然生出一种很想去保护她的想法。

夕阳的余晖落在山脚,海浪慵懒地伸着懒腰,柚一和嘟嘟在沙滩上挑拣着被阳光晃得发亮的贝壳。

酒店在夜幕降临时会举行篝火晚会,用过晚餐的人们便逐渐开始向沙滩移动,柚一光着脚站在沙滩上向嘟嘟展示着自己捡到的贝壳。

"柚一姐姐,小心!"

"姐,你快上来!"

柚一向后一看一个大大的海浪朝她袭来,愣住的她像被胶水固定住一样,海浪扑过来时她本能地闭上眼睛。海浪的力量扑倒了柚一,不会游泳的柚一在海里挣扎着,手里的贝壳也因为害怕扔了出去。

不安分的脚丫触碰到柔软的沙滩,借助海浪的力量又站了起来,柚一抹了一把脸上湿湿的海水对已经下海的嘟嘟和诺一傻傻一笑:"我不知道这里这么浅,还以为没救了,吓死我了。"

说着,身上就被盖上了一条浴巾,她转身道谢却只瞟到浦昭挂着水珠的下巴,抬头向上看发现他鼻子上的创可贴已经湿透了。

"不会游泳就离海边远一点，需要什么我帮你。"

笑容掩盖不住他眼底的担忧，但还是尽力保持着微笑。

"吓死我了，还好水浅，不然我怎么和老爹解释？"

"柚一姐姐，我们去岸上玩吧。"

嘟嘟拉着柚一往沙滩上走，酒店准备的篝火晚会已经开始，酒店的工作人员搬来准备好的各式各样的饮料、甜品。嘟嘟趁浦昭不注意偷偷拿起冰激凌大快朵颐，不一会儿肚子就疼了起来，小脸煞白。

"嘟嘟，等你好了，我再教训你！"浦昭背着嘟嘟往房间里跑。

柚一和诺一也紧紧跟在身后，寸步不离。

嘟嘟进了房间后就进了厕所，从厕所出来后没有找到浦昭，看到浦昭晾在杯子里的热水和准备好的药片，按照浦昭写在便利贴上的方式吃了药。虚脱的他迷迷糊糊地想要睡觉，睡觉前想起妈妈叮嘱他一个人在家就要锁好门，绕了一圈锁上了酒店的门回到床上睡了。

等浦昭拿药回来房间的门怎么也打不开，敲门也没有人回应，过往的人都警惕地看着他，报警的可能性随时会出现在浦昭敲门的几分钟后。他没了法子，只好去找柚一求助，诺一见到浦昭很是高兴邀请他跟自己共享一张床位。

柚一给浦昭鼻子上的伤口消了毒，重新贴上创可贴，简单洗漱后躺在床上没一会儿也睡着了。他们几个人经过一路的舟车劳顿又在一天内感受到了从惊喜刺激到害怕担忧的紧张情绪，他们都太累了。

夜里下起了雨，到清晨还在淅淅沥沥地下着，太阳探出头来照在雨丝上闪闪发亮，像是从天上落下水晶一般绚烂。

被雨声吵醒的柚一从床上爬到落地窗边深深嗅着雨水的味道。在柚一的印象里，下雨天是她最开心的日子，雷声和雨声比音乐要动听很多。雨水清清淡淡的味道比浓郁的香水要舒服很多，喜欢雨却不喜欢被淋湿的感觉。可接下来要面临的是来自林霍劈头盖脸的一顿臭骂。在窗边欣赏好一阵，她感觉到有些凉，才把窗户重新合上。

每到雨天柚一总是能喝到林霍煮的老姜茶，暖暖的味道会充盈整个房间。生活中的细枝末节会慢慢潜伏到记忆的轨道里，印刻在习惯当中，悄无声息，毫无察觉。

皮箱里有柚一随手带过来的几包红茶，她只需要找到蜂蜜和生姜就可以完美还原记忆里最幸福的事情。让柚一庆幸的是他们住的是一家拥有厨房的民宿而不是处处熏着香薰，放着一次性用品，裹着白色床单的快捷酒店。

打开最后一个柜子，一台手摇咖啡机陈列在里面，咖啡豆也完完整整地靠在一旁。柚一盯着咖啡机，陷入了两难的抉择当中。

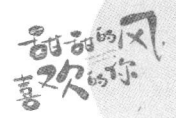

咖啡和红茶搭配起来的感觉应该和姜茶差不了太多吧，不行不行，那就不是原汁原味的姜茶了，条件有限，凑合一下也不是不可以啊。

柚一鼓捣了半天才弄清咖啡机的工作原理，盛咖啡豆的袋子上标注着密密麻麻的英文。对英文一窍不通的柚一一边用手机查单词一边翻译，到最后才明白写的是咖啡豆的生产地和制作方式对磨咖啡毫无指导作用。

她洗干净双手，抓了一把咖啡豆丢进咖啡机，转动手柄，咖啡的香气就飘散了出来，学着网上找来的教程将咖啡粉倒进滤纸里过热水，拿去滤纸她迫不及待尝了一口有些失望地皱起了眉头。

"为什么会酸酸的，过期了吗？"柚一拿着咖啡豆的袋子仔细地分辨着，"应该不会过期了吧，会不会拉肚子啊？"

"你在做什么？"

"啊？"柚一转头见到睡醒的浦昭站在门口，"我在磨咖啡，你要喝吗？"

浦昭点点头朝她走来，端起刚刚柚一失败的咖啡喝了一口："好……别致的味道。"

"我在想是不是咖啡豆过期了，不然味道为什么会这么难喝？你不要喝了，一会儿肚子会难受的。"

柚一盯着咖啡豆的袋子艰难地读出上面的文字，浦昭看了一眼被丢进水槽里没有冲泡开的咖啡粉黏在滤纸上颓废地倒在一侧。

"我来做吧。"

"你会做手磨咖啡?"

浦昭摇摇头:"不会,但是我可以试试看。"

柚一看着浦昭笃定的模样半信半疑地把手里的咖啡豆递了过去。浦昭浅浅一笑,好看的眼睛又变成了可爱的月牙状。

"应该还有个滤壶,你见过吗?"

柚一想了一会儿,问:"是长得像做化学实验的那种东西吗?我刚才看见了,我想想看……"说着开始向柜子那边走去。

她抬头踮起脚勉强打开头顶的柜子,向后退了几步见到了长相奇怪的壶。

"你看,就是这个!"

柚一转头,鼻头贴上了浦昭的胸膛,为了确定是不是滤壶走到了柚一身后的浦昭能感受到自己超速的心跳声。

"呃——你拿一下吧。"大脑一片空白的柚一像一只螃蟹一样移动。

"嗯。"

浦昭拿到滤壶简单地清洗,再用厨房纸擦干,然后将滤纸折成三角漏斗状摆在了里面,柚一研磨的咖啡粉足够冲两杯,但他并没有立马冲咖啡,而是将少量的热水倒入壶中,摇晃几圈,然后倒出,接着用汤匙拍实咖啡粉放到底壶,拿着热水从中心开始冲泡起来。

"果然精致的东西就要精致的人来用,"柚一盯着浦昭纤细的手指感叹,"我要是也有这样一双手就好了……"

  浦昭伸手盖上柚一举到面前的手掌,轻轻握住。浦昭的手心很温暖,她不是第一次有这样的感觉,昨天玩滑翔伞时也有过这样的感受。

  浦昭握着柚一的手在凉水里冲了冲,蹙着眉头:"手都烫红了,都没有感觉到吗?"

  "没,没有……"

  柚一偷偷瞥了一眼浦昭的侧脸,不知道为什么明明是自己的手烫到了,他却会做出焦急的表情。柚一不懂,但目睹的诺一却懂得了两人之间潜移默化的情愫,心底油然而生一种危机感。

  臭小子,潜伏这么久,原来就是为了接近我姐,胆子很大嘛!

  诺一心生一计,得意一笑。

  "我是嘟嘟,柚一姐姐开门呀!"

  嘟嘟穿着睡衣敲门,今天早上一睁眼他在房间里没有见到浦昭,这才想起自己昨晚把房间锁上的事情,一大早就来求助柚一。

  "你起来了啊,快进来吧。"诺一满脸堆笑,看得嘟嘟汗毛都竖了起来。

  "你丢东西了,还是没睡醒?"

  诺一笑着回答:"我睡醒了也没有丢东西。"

  "你这个笑容真的好瘆人,你怎么了?"

  诺一狡黠地凝视着嘟嘟,嘴角向上一勾:"嘟嘟呀,你很喜欢柚一姐姐对吧?"

"对呀,你不是早就知道了吗?"

"今天因为一直在下雨,导游小姐说我们今天只能在室内活动,可以去水族馆玩,还可以去潜水体验馆。你和柚一姐姐去水族馆一起玩怎么样?"

嘟嘟仰头望着诺一:"理由呢?"

"你想啊,你来这里除了吃就是各种玩水,你和你喜欢的人都没有单独在一起过,趁这个机会两个人单独在一起不好吗?"

嘟嘟眯起眼睛,警惕性满分:"你是不是有事情瞒着我,要不就是有事要我帮忙,总觉得你没安好心。不能轻易信你,我要去找柚一姐姐了。"

诺一撇嘴,自己的小心思居然被一个小孩子发现,他该怎么办,没有嘟嘟的出力帮忙他要怎么让柚一和浦昭距离远一点。

他咬着手指,绞尽脑汁,无论怎样他都不能让自己的姐姐就这么被别人轻易追到手。

"诺一,快来尝尝浦昭做的咖啡红茶,实在是太好喝了!"柚一捧着杯子脸上洋溢着满足的笑容。

但在诺一眼里,柚一脸上的笑容是一种危机感更是一颗随时发射的子弹。

"能有多好喝?"

柚一将杯子举到诺一面前:"你尝尝看,真的很好喝。"

诺一垂眸,奶咖色的液体热气腾腾,接到手里轻轻抿一口,红

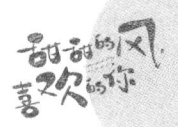

茶和咖啡的香气充斥鼻腔。他点点头,并不否认浦昭的手艺。

"还可以,我们下去吃饭吧,我有点饿了。"

"那我们下去吃饭吧,怎么样?"柚一转头看向浦昭。

浦昭点点头应了一声。

"柚一姐姐,你今天看起来很开心呀!"坐在浦昭身边的嘟嘟忽然开口,似乎也感受到了两人之间不同寻常的气氛,"是因为一大早就见到嘟嘟的原因吗?"

"自恋的小孩还不赶紧去换衣服,准备去吃早饭?"诺一斜眼看他。

浦昭抚摸着嘟嘟一觉醒来变成的鸡窝头,蹲下来摸嘟嘟的小肚子:"这里还疼吗?"

嘟嘟摇头:"不疼了,以后我一定会听话不乱吃东西了。"

"走吧,先去换衣服,一会儿下楼去吃饭,和柚一姐姐、诺一哥哥说让他们先去吃饭,你一会儿就去吃饭。"

"好。"嘟嘟点点头。

吃过早餐,四个人开始选择路线,柚一因为不会游泳想去尝试潜水,嘟嘟却吵着要去水族馆看鲸鱼,谁都不肯让步,最后靠猜拳分成了两组行动。柚一和浦昭向潜水区出发,而诺一和嘟嘟去水族馆看鲸鱼和美人鱼表演。

趁着雨下得不大,四个人抓紧行动。方向感不好的柚一拿着地图拉着浦昭朝着潜水馆相反的方向移动,当两个人出现在游乐园门口的时候都傻了眼。

"我们……我们可能走错路了,怎么办?"柚一看着地图低着头。

"等我一下。"

浦昭说完就跑向贩卖旅游品的摊点,买了一把蓝色的雨伞,气喘吁吁地跑回柚一身边将伞举到她头顶:"雨太大了,会淋湿的。"

柚一惊讶浦昭的举动,恍惚间发现这些天自己一直都在被浦昭照顾,心头缓缓蔓延出暖意。

"那我们是回去,还是去里面玩一下?"

"我们都走到了门口当然没有不进去玩的理由啊,走吧!"

柚一颔首,笑容在脸颊上绽开。平日里的柚一清冷又骄傲不肯多露出一丝笑意,偏偏浦昭让她变成了脸上常常挂着笑容的人。

雨停了,浦昭收了伞甩了甩伞上的水,眼神注意到伞柄上刻着的大象图案。听见柚一喊自己的名字他又移开视线,拨云见日的光芒照耀在水洼上,走过时还会泛起阵阵涟漪。

"柚一,你害怕鬼吗?"浦昭突然问了一句。

柚一摇头:"我又不是小孩子。"

"那——"浦昭看了一眼斜后方的鬼屋,"我们进去看看怎么样?"

柚一脸色骤变。

她迟疑的样子引起了浦昭的注意,浦昭大步走过去拉住她的胳

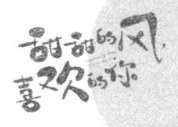

膊:"走吧,每次嘟嘟都会被鬼屋吓哭,如果不是很吓人的话,下次可以带嘟嘟来玩。"

"嗯……"

进了门之后才发现排队的人很多,大多是一对一对的情侣,他们交流的声音很大,没有一句柚一可以听得懂的话。在门口的工作人员给每对情侣的手背上都印上相同的印章,柚一和浦昭也被当作情侣印上相同颜色的印章。

"我刚才问了一下好像今天有一个活动邀请情侣们参加,可以拿奖品。"浦昭举着手臂指了指手背上的印章,"两个印章可以拼成一个图案,每对情侣的图案都不一样。"

"具体是什么活动你知道吗?"

"没有,我问的那个人也只知道这些。"

柚一点点头:"放心吧,我们可能一不小心就变成了整个活动的 MVP,要有自信。"

浦昭跟着柚一笑,眼神中的温柔在不知不觉里溢出。

"我们现在要往哪里走?"她歪头看他。

"我手上写的是四号,我们去四号?"

"可以,走吧。"

鬼屋里标着数字的门很多,怕黑的柚一死死拽着浦昭的衣服,一刻也不肯松手,根本没注意自己勒得浦昭差点不能呼吸。浦昭伸手拉开卫衣前襟,深深呼出一口气。

听到重重的呼吸声的柚一松开手,对浦昭说:"对不起。"

"没事,走吧。"

刚刚转过头去就听见柚一尖叫的声音,返回去找却寻不到人,浦昭心里开始发慌:"柚一,你听得到吗?"

没有人回应他,头顶上一盏灯亮一下暗一下晃得他眼晕,他越发心焦,额头上也开始出现汗珠。他感到奇怪为什么这个鬼屋从他和柚一进门到现在都没有扮鬼的工作人员出来,超出设想范围发生的事情始终是他没有办法克服的恐惧,他习惯性地把所有事情安排妥当,一旦超出预想便开始不再稳重像一只热锅上的蚂蚁。

他走到最后的转角,紧张地吞咽口水,如果这里还是没有找到柚一他就要去当地的警察局报警了。转角处没有灯,昏暗一片,只远远地望见屋门没有掩上,里面传出窸窸窣窣的声音。

他慢慢靠近,从门缝当中看见四个背影,他四处看了一眼找到了灯的按钮。"啪"的一声屋里瞬间亮了起来,穿着奇怪的三个人外加上柚一同时转过头来,柚一抱着爆米花跑向他。

"浦昭,你终于来了,我刚才不知道碰到什么机关进了这里,遇到了四号房间扮鬼的工作人员,想去找你……"

柚一的话还没有说完,就被浦昭拥入怀中,手里的爆米花掉落一地。

"你待在原地,我来找你就好。"浦昭在柚一耳边喃喃,她能清楚地听到他有力的心跳声。

她笑着拍了拍浦昭的后背:"是不是把你吓坏了?对不起呀,

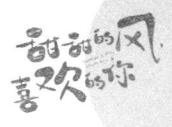

这里连手机信号都没有，我就没有打电话给你。"

浦昭没有松开柚一，紧紧抱着："无论你在哪里，我都会找到你的，所以记得等我不要瞎跑。"

被浦昭动作吓到的柚一木讷地点头，除了点头之外好像没什么可以做的事情。浦昭揉了揉她的头发松了手，视线转向三个发出姨母笑的工作人员。

"非常感谢三位的照顾，没有让她乱跑。"

三个工作人员面面相觑讨论着什么，然后用蹩脚的中文回答："没关系。"

意识到对方不会中文，浦昭立马用英文把刚才说的话重复了一遍。听懂后的三个人打趣浦昭和柚一感情很好，还说柚一意识到自己走丢之后差点哭出来。浦昭看了看站在一旁听不懂英文的柚一笑了一下，转头和三位工作人员道别。

从房间里走出来，柚一终于忍不住问浦昭："刚才你们是不是在说我的坏话？"

"没有啊。"

"我都看见了，你忽然对我一笑，我就觉得事情不那么简单。"

浦昭嘴角一扬，凑到她面前，坏笑道："他们刚才告诉我，你差点哭出来，是因为喜欢我吗？"

"我……我……我就是害怕自己回不去了而已！"

"哦——"浦昭提高音量，"那你为什么一直牵着我的手？"

柚一意识到后立马抽回自己的手，咳了几声然后开始向别的地方移动:"那个,我……我尿急,厕所在哪边?"

"厕所在外面,这里面没有。"

"哦,知道了。"

柚一红着脸走在浦昭前面,前脚刚迈出鬼屋就被拉花吓到后退半步栽进浦昭怀里,浦昭的手扶住她的腰:"小心一点。"

"好,谢谢。"

作为特别的顾客,工作人员送给他们一份特别的礼物,两张画面新奇的塔罗牌让他们近期做事之前先想想牌面预告的提示。

柚一拿到的是一张浴火重生的凤凰,而浦昭拿到的是一张驾马御车的战车。

看见塔罗牌的瞬间柚一就有强烈的意识,这是在预示着她要做的决定,预感很强烈。不知道是自己内心早就确定还是因为没有退路,她认定那张塔罗牌会告诉她最正确的答案。

浦昭见柚一心事重重,询问:"你在想什么?"

"啊?没事儿……"

"给你变个笑脸出来,看着我。"浦昭拍拍她的肩膀,用手挡在自己的脸上,然后打开看她的反应。

"不是变笑脸出来吗?在哪里?"

浦昭撇嘴:"你看到好看的男生都不会笑的吗?"

"哈?"

听明白浦昭的话后,柚一后知后觉地笑了起来。

浦昭涨红着脸挠着头发:"不好笑就不要笑了,弄得怪尴尬的。"

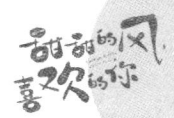

"浦昭,你真的好可爱。"

"这……这算是在夸我吗?"

柚一颔首:"当然!"

浦昭被柚一这么一说心里的那种感觉又更加强烈起来,大脑徘徊在冷静和感性之间。

"那边有射击游戏,我们过去玩吧!"一个女生拉着男朋友指着不远处的摊位,这句话引起了柚一的注意。

"要不要去玩?"浦昭问。

柚一看了一眼浦昭,才重重地点点头:"嗯,想玩。"

"一定要发挥姜选手平时的水平,拿到奖品。"

"你喜欢哪个玩偶?"柚一转头问他,"我送给你呀!"

浦昭看了一圈指了指最边上的大象玩偶:"我要灰色的大象,可是位置太偏了……"

"一般说前一句话就可以了,后面的那句话省略它吧。"

两个人走到摊位前换了五颗子弹,柚一先是尝试着瞄了瞄目标,想到了什么转头问浦昭:"我可以失败吗?"

浦昭颔首:"可以,没有人百分之百成功,我期待你成功也不介意你失败。"

"好,等着你的礼物吧。"

柚一第一发子弹打在大象玩偶上,使它向后退了一大步,只一个角还留在上面,店主瞠目结舌,一遍遍说着这不可能。

"这很有可能！"

店主的话听在柚一的耳朵里,刚好是她为数不多听得懂的一句,她自信地挑着眉毛大胆地和店主对视。

"浦昭,拿你的礼物。"

"好。"

店主拿出新的玩偶摆上,摆弄好角度又看看柚一得意扬扬的笑。柚一摇摇头,举起枪瞄准,枪声响起后紧接着玩偶落在地上。柚一的右手抽搐了一下,担忧的神色从脸上一掠而过,她清楚如果下一次手腕失去知觉将意味着会被围观的人嘲笑,思考良久还是选择走为上策。她放下枪将子弹还给店主拿着娃娃递给浦昭,在众目睽睽之下溜之大吉。

"怎么不继续玩下去了？"

"我怕店主哭出来,万一讹上我怎么办？"柚一从口袋里拿出两颗薄荷糖丢进嘴里,"要吃吗？"

浦昭摇摇头。

柚一收回糖罐放进口袋里:"快走,一会儿没准从四面八方蹿出来几个大汉,咱们俩可能就跑不掉了。"

"真的假的？"

"假的！"

柚一的声音和她的力量是同时出现的,浦昭被她带着跑了起来,她的情绪转换,总让人悬着心。少女的呼吸声响在他的耳边,她停下来笑着看浦昭:"我不行了,跑不动了！"

"不要放弃,就差一点了。"

浦昭拉住她的手,穿过一条马路在水族馆前落了脚,两个人气喘吁吁相视一笑。

刚刚看完美人鱼表演的嘟嘟和诺一从门厅里走出来看见气喘吁吁的两个人感到奇怪,去潜水怎么会喘成这样。

"你们两个潜水潜到大西洋又回来了?"

柚一横了诺一一眼:"狗嘴里吐不出象牙,不知道关心一下你姐啊!"

"柚一姐姐,你怎么了呀?"

"我没事,就是有点想你呀。"柚一捏了捏嘟嘟的小脸蛋。

"柚一姐姐要看海豚表演吗?我带你去吧。"

"嘟嘟,你怎么能这么快就背叛我呢?"诺一有些气愤地想要制止嘟嘟,他明明刚才还对嘟嘟说过不要轻易相信把他们丢掉的两个罪魁祸首,怎么一瞬间嘟嘟就能抛到脑后什么都不管不顾呢。

"我没有背叛你啊,只是有了更好的选择啊。"

诺一被嘟嘟的话堵得说不出一个字,一只手拍了拍他的肩膀,浦昭说:"习惯就好,人都是善变的。"

"你这两个玩偶是用来安慰我的吗?谢谢啊,我真的是……"

"不,这只是柚一刚才的战利品,而且它们是属于我的。"

诺一耷拉着脑袋,撇着嘴,泪眼汪汪地望着浦昭。

"对不起。"

"没关系……我已经习惯了。"

浦昭正纠结着要怎么安慰诺一的时候,忽然听到柚一的声音:"姜诺一,我想喝水!"

"这就来啦!"诺一瞬间变脸回答,转头看浦昭的表情又变成了委屈的样子,"我去给姐姐买水。"

浦昭嘴角抽搐,他确定是学网球而不是学表演的?这情绪拿捏的力度这么熟稔一丁点也看不出违和。

"浦昭,我也想喝水!"

嘟嘟的声音传来,浦昭叹了一口气:"来了。"

还没等浦昭靠近卖水商贩就接到了导游小姐的召回电话,四个人就这样灰溜溜地回了酒店,同游的老年人聚在地下一层一起下棋、聊天。

四个人被导游小姐带到一旁厉声警告他们不要瞎跑,团内多数是老年人没有像他们一样的活力,允许四处逛一逛但是绝不可以出现不打招呼就消失的情况。导游小姐看起来是真的生气了,柚一皱着眉头踢了踢旁边的诺一,会意的诺一厚着脸皮凑到导游小姐面前说着漂亮话保证不会再出现下一次,这才让四个人勉强逃脱僵持的局面。

"柚一姐姐,我们去打游戏吧。"嘟嘟拉拉柚一的衣角指着墙角的游戏机。

"游戏机?"

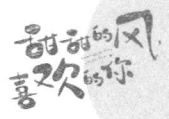

柚一顺着嘟嘟指的方向看了过去,这才发现这其实是一个游戏厅,只是老人们嫌没有地方下棋喝茶,这才腾出了地方坐着。游戏机一台挨着一台,紧紧靠在一起。

"我现在才知道导游小姐有多么不容易,我要是摊上这么糟心的事情我也会发脾气的。"诺一抓了抓头发,无奈地笑了笑。

"嘟嘟,我们去看看。"

柚一拉着嘟嘟走了过去,几个老爷爷十分喜爱地凑到嘟嘟跟前拿着糖果逗着孩子。嘟嘟瞪圆了眼睛向柚一求助,柚一叹了一口气深感无力。

"爷爷们,不要总是给孩子吃糖……"柚一的话说完没起作用,反而围观的老人越来越多,"这是谁下的棋呀?"

柚一的话引起一位老爷爷的注意转头看她:"怎么了,年轻人?"

"您能教教我吗?我看您的棋艺精湛,走棋十分利落,想跟您学几招。"柚一硬着头皮讲着恭维话。

"那你还真是找对人了,这位可是授人经验的围棋师父。"另一位老年人搭腔,给柚一介绍这位老人的实力。

柚一用尴尬的笑容缓解自己现在的处境,她连棋局都没看清楚就胡乱说了一通,竟没想到瞎猫碰上了死耗子!

"原来您这么厉害啊,我为人愚笨,可能不是称您心意的学生,要不我给您换一个?"

那老人一摆手:"不必,我就是很中意你这个学生。"

"啊?"愣生生吞下后半部分惊讶的柚一笑着点头回应。

在旁边看着的诺一咯咯地笑她，没得意一会儿就被几个大妈拉住盘问有没有女朋友用不用给他介绍一个，诺一周旋在几个大妈之间哭笑不得。

浦昭自动屏蔽诺一发出的求救信号，注视着认真讨教的柚一，鬼使神差地迈开步子。柚一分走几个围观嘟嘟的老爷爷的注意力，嘟嘟这才松了一口气。浦昭摸了摸嘟嘟的头，嘟嘟朝他苦笑一下。浦昭挤进几个老人中间望着柚一，小心翼翼地藏好感情，却控制不住定格在她身上的眼神。

柚一舔了下嘴唇吞了吞口水，浦昭注意到她的小动作，找来一瓶水拧开瓶盖递给她。

"谢谢。"

逗着嘟嘟的老人们没了兴趣转移了阵地去看柚一学下棋，嘟嘟成功脱身，诺一也成功被几个大妈冷落，柚一坐在棋盘边看着两位老人下棋偷偷记下破解的办法准备回去和老林秀一秀。而浦昭一直保持着和柚一不超过两米的距离，从各个空隙当中分析柚一的小动作，两个人甚至还玩起了摩斯密码，乐此不疲。

"柚一姐姐，柚一姐姐，嘟嘟想玩游戏，和嘟嘟玩一会儿吧。"嘟嘟跑到柚一身旁摇晃着柚一的胳膊。

"嘟嘟，不可以打扰柚一姐姐。"浦昭的声音不大不小正好能让柚一身旁的人听见。

"没事，没事，我教给你的你平时多练一练也是够用的，去和他玩吧。"老人道。

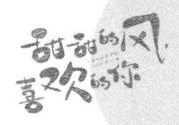

"谢谢师父的讲授，回去我一定勤加练习不给师父丢脸的，您喝点茶歇息一会儿吧，讲了这么长时间一定累了吧。"

柚一的嘴巴涂了一层蜜似的，哄得几个老人心花怒放，频频点头称好。

完美结束任务的柚一和嘟嘟玩起了游戏，先是从射击游戏开始然后到了体育竞技游戏，柚一摆着手里的控制柄怎么也发不出一个球。

"打网球还得找我，毕竟是专业的嘛。"诺一拿过柚一手里的控制柄，自顾自地打了起来。

开始觉得无聊的柚一转到浦昭身边看着他正在玩的数独游戏，一列列一排排的数字，不用计算器和草稿纸的浦昭毫无压力解开谜题，最后通关。柚一看得一愣一愣的，作为学渣最头疼的就是上课爱犯困的数学。

"真的太厉害了，我发现你好像什么都会，无所不能一样。"柚一看着浦昭手里的游戏机琢磨着刚才的数独游戏。

"我不会的事情很多啊，不擅长的事情也很多，你没有发现而已。"

柚一低头算着数独，回答："不，在我眼里你是一个完美的人，什么都可以处理得好什么都可以解决，很厉害。"

浦昭望着柚一认真的样子伸手揉了揉她的头发，她嫌弃地推开他的手："不要闹！"

他愕然，他们的关系什么时候变得这么自然，而且自己频繁增加接触的小动作,两个人对于这些亲密的动作并不排斥,是不是说明柚一也是喜欢他的,是不是只是自己的错觉,这些问题在他的脑海里不断回旋着。

"我想吃糖,帮我拿一下。"

浦昭应了一声拿起手边的糖罐拧开后递了过去。

"谢谢。"

"不客气。"

浦昭随手也拿起一颗糖放进嘴里,薄荷的味道一下子释放出来:"你为什么喜欢吃薄荷糖?"

"因为不喜欢吃糖。"

这个无厘头的回答让浦昭哭笑不得,重复着自己刚才的问题:"喜欢吃薄荷糖的理由是不喜欢吃糖?"

"对,无糖味道的薄荷糖,因为不喜欢吃糖,但是要骗一下大脑我有摄取糖分就不会犯低血糖的毛病了。"

"原来这样啊。"

浦昭握着糖罐,偷偷记下柚一的喜好。突然他身子一僵,柚一的头靠在了他的肩膀上。

"借我靠一会儿,颈椎有点累。"

"好……"

他一动不动保持着一个姿势,不用刻意凑近就能够嗅到柚一一身上淡淡的冰薄荷与睡莲的味道,他总是觉得味道很熟悉却怎么也想不起来。

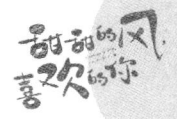

"柠檬的味道很好闻。"

"嗯?"

"我是说你的香水很好闻,感觉很舒服。"柚一仰头笑着看他,"如果诺一有你一样的品位,估计我早已经是家财万贯的富婆了。"

"富婆?"

柚一支吾半天解释道:"有那么一回事儿,不重要的。"

"嗯。"

"你用什么牌子的香水?我去告诉诺一让他买个同款。"

"风之恋。"

听到香水名字的柚一猛地抬头惊诧地看着浦昭:"风之恋?那款 CP 淡香?"

"对,我记得女香好像是叫……"

"水之恋。"

"你知道呀?"

柚一点点头:"因为我用的就是水之恋。"

浦昭一时间说不出话来,很多人都形容人们面对过于震惊的事情时会说不出话来,现在的他已经感受到了。

"看来我们很默契。"

"我现在有点蒙,你等我整理一下思路,我需要思考的时间。"浦昭的声音很小,听起来像是在和柚一说话又像是在自言自语。

柚一疑惑地看着他:"你在和我说话吗?"

浦昭望着柚一点了点头:"我需要时间整理一下。"

"你在说数独游戏吗？没关系，我可以自己试着总结规律。"

对柚一的话浦昭全部静了音，没听进去一个字。他看着柚一的侧脸，嘴角噙着淡淡的笑，或许他们早就注定要遇见，即使不在下雨天相遇也会在别的时间、别的地点不期而遇。

吃过午餐后，嘟嘟和柚一在房间里睡午觉，诺一一个人去潜水馆，没什么计划的浦昭捧着书坐在阳台上读读写写。书本里有油墨的香味混合着雨后空气里的味道，环绕在他的周围，阳光轻吻他的肩头眺望着他手里的书本。

他没什么看下去的心思，并不是书不够好，而是因为他心里总是藏着一个活泼的少女，让他的心变得七上八下总是分走他的注意力。他合上书本，摘了架在鼻梁上的眼镜，拿起钢笔在书的扉页上写着什么。

风拂过他的耳畔，撩动着他耳鬓的短发，房间里传来手机铃声，他放下钢笔推开阳台的大门，阳光被他丢弃在身后。风吹开书页，定格在一行娟秀的字体上，未干的墨水在阳光下摆弄着自己的魅力。

"干净，大概是对一个人最高层次的评价，心思单纯毫无杂念，就连眼神都是清澈见底。"

"国外的感觉怎么样，我可羡慕你了，我怎么没有你这样的运气呢？"

白一南叹着气，望着视频电话里的浦昭。

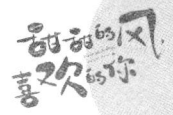

"你打视频电话过来就是为了酸一下?"

"我才没那么无聊呢,我这是想你好不好。嘟嘟呢,有没有给你找麻烦?"

"他去找他的柚一姐姐了,才不会搭理我呢。"

听到"柚一姐姐"四个字,白一南来了兴趣:"柚一?是我们的姜教练吗?"

"嗯,是她。"

"天啊,她居然也中奖了吗?浦昭,这是个好机会,别让我失望!"

浦昭回到阳台,把摄像头调转方向,阳光明媚的午后小镇就这样展现在白一南眼前。

"好漂亮啊,昭儿,我下次也要去。"

"你来啊,告诉我干什么,我又不会跟你一起。"

浦昭把手机架在旁边的盆栽上,端起咖啡享受地喝了一口。咖啡已经被风吹凉,不那么好喝了,但浦昭要做出一副享受自在的模样,让白一南羡慕一下。

"行了,行了,我已经是一颗柠檬了,别再秀了。你和柚一的感情有没有进展?"

"有什么进展?"

"快说来听听,让我也感受一下啥叫怦然心动。"

浦昭微微蹙眉:"你真的很无聊,没有事情,我挂掉了。"

"我打电话就是为了告诉你,柚一可能会收到射击比赛的通知,现在都在讨论柚一到底会不会参加,体育新闻上都已经出预告了。"

"挂了!"

被浦昭挂掉电话的白一南心里有些愤懑:"真是无情之人!"

电视上播放着体育新闻:射击大赛将在十月份举行,"天才少女"姜柚一是否应战,当事人并无正面回应。

"让我们看看场上的状况，柚一的状态从开始就很稳定，柚一每年都会刷新射击纪录给所有人带来惊喜，究竟今年的比赛上她会不会继续打破纪录呢，让我们拭目以待。"

站在场上，柚一调整着射击角度。她不用看也能感受到来自场下观众和同期比赛选手的视线，她不予理会，甚至把那些目光当作动力。

她发出一枚气弹，并没有命中靶子，而是一发空包弹。她慌乱地再发出一枚气弹，像一个小丑在场上表演滑稽戏，她的右手手腕颤抖着用不上力气。场上的人见她失态的模样嘲笑着她，场下的观众、媒体也在对她议论纷纷，指指点点，她缩成一团瑟瑟发抖。

当天的新闻放送，标题上写着："天才少女"还是"划水少女"。

她尖叫着，躲避着，躲在黑暗的角落里。

一落千丈的名气，所有人都对她的努力不予理会，对她的付出嗤之以鼻，只记住她失败的成绩和她失败的样子。没有人记住她曾是打破无数纪录，被无数教练评价极高的姜柚一，只记住了她的失败，她惨败的模样。他们围着她说她是个骗子，是个失败者，是个

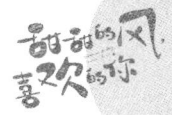

靠运气支撑的运动员,她想要解释却被他们用更加粗鄙恶俗的言辞侮辱、诋毁。

她的梦想,她的努力,在那些人嘴里什么都不是。无论她怎么逃脱,怎么推翻都无济于事,她的世界彻底坍塌在黑暗里,见不到光。

"柚一,柚一……"

柚一睁开眼睛,从惊慌的梦境当中醒过来,额头上还挂着汗珠,她大口大口地喘着气分不清梦里发生的事情是真还是假。

"喝点水吧,我看你很难受就把你叫醒了,做噩梦了吗?"浦昭递给柚一拧开瓶盖的水。

她呆呆地点了点头,灌了自己一大口水后,手扶在额头上揉着胀痛的太阳穴。为期二十一天的旅行只剩下最后两天时间,导游小姐带着他们通往最梦幻的蓝梦岛,柚一在车上睡着了做了噩梦醒来。难得她睡得时间长一些,在得知射击比赛将要开始时,她便时时沉浸在噩梦和失眠当中,疲惫的她在车上打瞌睡却还成就了噩梦,若没有浦昭把她叫起来,她不知道会被噩梦支配到什么地方去。

"再睡一会儿吧,我看你很累的样子,我的肩膀借给你。"浦昭拍拍自己的肩膀,示意让柚一靠过来睡一会儿。

柚一淡淡开口:"睡不着了。"

"吃颗糖吗?"

"嗯。"

浦昭拿起刻着"柚子"的糖罐,那是他在夜市上发现买来送给柚一的，他打开盖子将罐子递到她的手里。

"还有多久到？"

"还有十多分钟。"浦昭递给她一只耳机问，"要不要听歌？"

她点了点头。

耳机里的歌曲很温柔，对柚一来说却过于忧伤，不能缓解她悲伤的情绪，突然感觉额头一股温热，浦昭用手指撑开她皱着的眉头。她对上浦昭的眸子，嫣然一笑。他欲言又止只伸手摸了摸她的头。

"柚一姐姐，你醒了呀！"嘟嘟跑到她的身旁拿着一枚红宝石棒棒糖戒指递给她，"给，这是我的求婚戒指。"

"谢谢你哦。"柚一伸手揉了揉他的头顶，伸手将他抱在怀里。

嘟嘟仰头望着柚一，给了她一个大大的笑容。

"嘟嘟呀，你怎么瞎跑呢？"诺一找了过来，醒过来的他发现嘟嘟不见了，想都不用想就知道肯定是去了车厢前面找柚一去了。

他走过来发现柚一醒了不禁调侃道："姐，你别忘了给浦昭洗衣服，你的口水都流到人家身上了。"

"口水？"

"要不是我跑得快，我的衣服就会被你的口水弄脏了，这可是我好不容易买到的限量款！"

柚一尴尬地转头看着浦昭："对不起啊，我不知道我睡觉的时候……算了，到时候我帮你洗衣服吧。"

"诺一就是开个玩笑，你睡觉没有流口水，就是做噩梦的时候抓了我衣服几下。"

柚一嘴角抽搐着，辩解的说辞将她的囧事又重新描述出来，让她不得不承认自己睡觉的时候做的事情。

她就不要面子的吗？

蓝梦岛属于巴厘岛的离岛，上岛需要坐快艇，坐车到码头换乘快艇上岛。柚一和诺一的行李不多，时常去各地训练的他们早已懂得轻便的行李更让自己和他人都方便。除了他们两个，其他人全部因为海面的颠簸不得不用力拉着行李箱，精神紧绷。

"姐，我忽然懂得了去外地训练的时候为什么教练会限制行李不超过一个背包了。"

"为了让你全程坐船空出手来抓着你姐的胳膊？"柚一瞥了一眼诺一抓着自己胳膊的手，一脸鄙夷。

"我也不想，但是我现在——要吐了。"

话音刚落，诺一就吐了出来，柚一从背包里翻出塑料袋塞在他的手里："不要给别人找麻烦，自己收拾。"

诺一拿着袋子放在嘴边，将胃里翻腾的食物吐了个干净，收拾好自己后又开始收拾船舱甲板上的残留物。虚脱的诺一靠在柚一的肩膀上，连呼吸都是疲惫的。

"姐，我以后再也不要坐船了，太难受了。"

柚一抱着诺一安慰道："乖，一会儿我们就到了，你手里的袋子给我系好，不要甩出来东西！"

四十五分钟的海上行程把诺一折腾得够呛，到了酒店倒头就睡，连午饭都省了。在房间百无聊赖的柚一因为怕走丢不敢出门,想去找嘟嘟和浦昭却不知道对方在几号房。

"当当当!"

敲门的声音响起,柚一跑去开门,从门缝里探出半个脑袋看清来的人是嘟嘟和浦昭这才放心地打开门。

"诺一哥哥怎么样了?"

"还在睡呢,看来真的给折腾坏了。"

"我带过来一点治头晕的软糖,要不要把他叫醒让他吃一点?"浦昭晃了晃手里的袋子,询问着柚一。

"等他醒来再说吧,让他先睡一会儿吧。"

"柚一姐姐要不要玩飞行棋?"

"好啊,正好我比较无聊。"

三个人围坐在一起摇晃着手里的骰子,不知不觉中已经过了两个小时。诺一睡醒看到三个人围在一起时一度以为自己遭遇到什么奇怪的对待,看清楚柚一的背影后这才放下心来。

"好好的时间就这么浪费了,还在玩飞行棋?"

"你醒了啊,我就要赢了,不要打扰我!"

柚一摇晃着骰子,只差两步就胜利的她等待着胜利的来临,丢出来的骰子点数正好是二。柚一拿着她选择的人物移动到终点,开心得手舞足蹈。

"我不想玩了,每次都是柚一姐姐赢。"嘟嘟坐在地上撇嘴撒娇。

"要不要出去逛逛?"坐得腰疼的浦昭站起来伸了个懒腰,

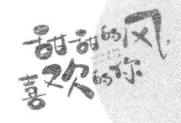

提议。

嘟嘟连忙点头同意,现在的他意识到了柚一姐姐面对比赛的偏执,想都不想就要和浦昭出去透透气。

玩腻的柚一并没有留恋,迅速加入浦昭和嘟嘟的队伍里,诺一自然没有异议跟着大家一起行动。

海滩上的风浪很大,没什么游客停留,嘟嘟跑在最前面,诺一追在他的身后,浦昭和柚一跟在他们身后不紧不慢地走着。远远看见一座亮黄色的桥,与蔚蓝清澈的海面形成鲜明的对比,嘟嘟和诺一站在上面朝柚一和浦昭挥手,让他们赶快过去。

"为什么那座桥上人那么多啊?"

"我刚才查了一下,它叫作爱情桥连接蓝梦岛和金银岛,在桥上合影的情侣都会相守到老。"

"难怪,那我们也去拍一张吧!"

"我们?"

"对,拍一张四个人的合影!"

"嗯,好。"

浦昭有些失落,但没有表现得太明显,只隐隐发作在心头。

四个人在桥上照了合影,浦昭偷偷拍下一张自己和柚一背影的合照,虽然偷拍这件事情做得并不光明磊落,但足以让他欣喜一阵子。

夕阳慵懒的橙黄色光芒随意地泼洒在天际,诺一和嘟嘟买来一些烟花棒,准备等太阳彻底消失时点燃。青墨色的天空点缀着一两点亮光，那是属于这片天空的星星，只属于这片天空的星星。

诺一燃起一支烟花棒递给柚一，烟花棒微弱的光芒让夜盲症的柚一心里有一点点的安慰。浦昭拿来租来的拍立得记录下柚一低头微笑的模样，烟花棒的光芒照在她的半边脸上和背后的墨色天空形成对比。她看见浦昭挥着手，笑容璀璨，浦昭心悸一下，不自觉地按下手里拍立得的按钮。

"要不要玩烟花？"

"给我一支吧。"

"烟花棒流逝的同时释放着它的热情与温度，很美，但只可惜它的魅力只有瞬间。"

浦昭点燃一支烟花棒转头问她："好看吗？"

柚一点点头，烟花棒燃尽，她的视线里只能隐约看见浦昭的轮廓，看不见他的表情。

"那就够了，其实很多事情都是这样，只要觉得是美好的、是值得回忆的就好。"

模糊的视线里，柚一用尽力气去望浦昭，他身后的一片灯光亮起，他像从天而降恩赐的光芒驱逐她周围的黑暗，她每次见到他都恰好有光照在他的身旁，让人忍不住靠近。

再看一次就要心动了！

柚一强行把自己的感情收敛起来，提醒大脑那只是错觉并不是感情。

"请酒店的客人们移步到沙滩上，我们的舞会就要开始了。"

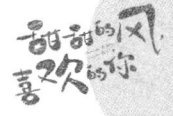

　　酒店的广播响起,在爱情桥上的人们逐渐聚拢到沙滩上。柚一和浦昭被人群冲散,只靠着沙滩上几个火把想要在黑压压的人群中找出一个人是一件令人头大的事情,夜盲症的柚一只能凭借着不稳定的火光勉强不撞到行人。浦昭从人群中挤过寻找柚一,他根本毫无头绪柚一会被人群带到哪里,正当他焦急的时候,一个小小的人从人群里钻出来。

　　"对不起……对不起……"她一遍一遍重复着抱歉的话,低着头,匆匆穿过人群。

　　浦昭站在原地没有动,她便到了他的面前。

　　"对不起。"

　　她嗅到熟悉的柠檬和薄荷味,仰头一看,眼睛笑得弯弯的:"我找到你了!"

　　"嗯,你找到我了。"

　　两个人的对话还没有结束,支撑柚一夜里看见东西的火光忽然灭掉了,柚一本能地抓住浦昭的胳膊,不知道被谁从背后推了一把,她径直扑到了他的怀里。

　　柠檬薄荷的味道,很让她舒心,浦昭的胳膊轻轻环抱着她,仅仅只是轻轻地搭着都让她紧张的心情放松下来。

　　她额头上有什么东西轻飘飘地落下,软软的。

　　灯光亮起,浦昭先是收回胳膊松开柚一,然后指着不远处的嘟嘟和诺一说道:"我们去和他们会合吧。"

　　"嗯。"

浦昭转过头之后，脸颊上的温度飞升。他的手指搭在唇上，不知道该怎么形容现在的心情。黑暗中，他尽可能地控制自己却还是吻了她的额头，如果她没有扑到他的怀里他是可以控制住的。

怎么办，她不会生气吧？我不会被当成靶子被她用气弹打成筛子吧？完了，完了……

直到舞会结束，浦昭都没有再靠近柚一，在远处偷偷地观望着，在没有想出对策之前，他没办法装作没事人一样见她。

因为只剩下最后一天时间，导游小姐组织旅游团在餐厅里，简单地谈了谈自己在这段日子里的感想。嘟嘟靠在浦昭身上昏昏欲睡，当导游小姐谈到蓝梦岛的日出时，他忽然精神了起来，拍着桌子央求浦昭带他去看。

"带我去吧，去吧。"

"那么早你能醒过来吗？"

嘟嘟沉默了一会儿，委屈地看了一眼柚一："如果柚一姐姐也去的话，那我就一定能起来。"

正在回复微信消息的柚一突然抬头望着嘟嘟："嗯？"

"柚一姐姐，我们去看日出吧！"

"日出？"

"我不要，凌晨就去等还不一定能等到，都是看运气和概率的。"诺一慢悠悠地回答。

柚一横了他一眼："又没有邀请你，你激动什么？"

"就是,就是!"嘟嘟拍着桌子附和,"我又没有邀请你,爱去不去!"

柚一笑着打断这场闹剧:"好了,好了,不要吵了,就这样吧。我还没有看过日出呢,去碰碰运气也不错。"

"那就这样吧,我回去准备一下。"浦昭语气淡淡的,嘴角微微勾起,长长的睫毛遮着弯弯的笑眼。

嘟嘟开心得摇头晃脑,看到诺一不高兴的表情,收敛住自己的情绪同情地望着他,不出五秒钟又嘚瑟起来。

会议结束之后,所有人都各回自己的房间休息,除去柚一、浦昭几个年轻人都已是年过半百的老人,睡得早起得早,作息习惯很健康。长期处在兴奋状态的嘟嘟没有办法那么快入眠,进门没两分钟嘟嘟就按捺不住兴奋跑去找柚一玩。浦昭拗不过他,自己先去浴室洗澡。洗漱出来的他换上睡衣坐在床上翻看着今天拍的照片,挑了几张嘟嘟的照片给家里人发过去,手指在相册里滑来滑去,停留在一张画面糊掉的照片上。

柚一背对着浦昭只露出半张侧颜,他按快门的手发抖,以至于她的脸都扭曲得认不出来,他发出轻轻的笑声,继续向后翻。

柚一在看地图,柚一在看磨咖啡,柚一在玩烟花棒……

一帧一帧,竟都是她。

浦昭的手抚在胸口询问着自己,会不自觉地看向她,会想知道她此时此刻的心情,会担心她会不会讨厌自己,这些杂乱的情绪到底是什么。他的大脑并没有给他一个合理的解释。

"我回来了。"嘟嘟推门进来看见躺在床上的浦昭问,"你怎么了?"

"嘟嘟,我问你一件事情,可能你也不是很清楚。"他喃喃着,"如果总是不停地想要去注意一个人,想要知道她在想什么,那是一种什么感觉?"

"你发烧了吧?"嘟嘟伸手去摸浦昭的额头,仔细对比着自己的温度。

"我没有!"

"那就是陷入恋爱了!"

浦昭斜睨着他:"您这都哪跟哪啊?"

"一旦出现平时不常出现的行为状态不是生病就是陷入恋爱了,这是我妈妈说的,也就是你的外婆。"

浦昭捏了捏鼻梁,他似乎懂了为什么嘟嘟比别的孩子要早熟,都是他亲爱的外婆,嘟嘟的妈妈,为人敬仰的唐纪唐编剧熏陶出来的。

"我终于体会到了你爸的不易,这么多年他挺不容易的。"

"啊?"

"没事,赶紧去洗澡吧。"

"我妈妈这次的新剧要上线了,到时候记得准时收看,不然可别怪我没有提醒你!"

浦昭想起唐纪上一次的新剧上线,自己因为课业上的事情没有时间准时收看,最后被唐纪折腾得不轻,还是唐纪老公马以国救了他。

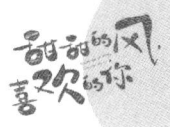

"叮咚,您的信息已送达。"

他的微信消息响了起来,点开一看,顿时吓出了一身冷汗,他居然把柚一的照片给唐纪发了过去。果不其然,唐编剧发来了亲戚三件套,"姑娘叫什么呀有时间带回来看看""家里人是做什么的呀""和你处得咋样啊发展到哪一步了"。

浦昭:"外婆,别想多了,就是个普通朋友。"

唐纪:"从朋友到恋人是最常见的状态,姑娘长得挺好看的,可以试试看。"

浦昭:"……"

唐纪:"放心吧,你妈他们同意你谈恋爱的,大胆去谈就行,我支持你。"

浦昭:"我还不确定是不是喜欢她,就是莫名其妙……很在意她。"

唐纪:"你问问自己看到她开心的时候会不会开心,还可以用一种比较冒险的方法判断。"

浦昭:"什么方法?"

唐纪:"亲亲呀!"

浦昭:"外婆,我还想活着。"

唐纪:"这招是最好用的,当你的脸靠近的时候,心脏怦怦地跳动,脸红心跳地期待着下一步动作……"

浦昭:"我不要。"

唐纪:"方法呢,我教给你了,做不做看你了,想知道自己的感情就问问自己，别人的想法操纵不了你的心思。"

浦昭："好。"

放下电话，用胳膊垫住脑袋，浦昭找了一个舒服的姿势，琢磨着唐纪的话，他的情绪越来越不能受控制。胳膊底下的手机响了一下，他打开微信看了一眼来信人是平日里沉默寡言的马以国，长长的一大段文字看起来格外用心。

"听你外婆说姑娘还不错。其实感情问题是最不好处理的，一旦开始就不容易结束。如果你现在纠结于自己处于什么样的情绪，那恭喜你，你已经开始喜欢一个人了。别纠结在自己模糊的想法上，尝试靠近几厘米，哪怕坐近一点点你也会有反应的。注意力不断被吸引，笑容会不自觉地产生，都是当她出现时的反应。所有的幸运和巧合，除了上天注定，就是一个人在偷偷努力。"

浦昭读着马以国发来的文字，会心一笑。看来命运总是把两个相似又不同的人牵引到一起，相互包容相互迁就。想到这里，他顿了一下，笑意深了深，他似乎明白了马以国含蓄表达的意思。

分辨出自己心情的浦昭恢复元气，他翻找出和柚一去鬼屋中奖得到的塔罗牌，战车牌背面的金色字迹写着：

"勇气是你最大的幸运。"

你看，早就说命运总是最先告知你的，还在犹豫什么呢？

"老林，你没有一起来真是特别特别可惜的事情，这里的风景

真的很美。"柚一横躺在床上和林霍视频通话。

"你们姐弟两个玩得好就行了,我啊在家里照顾照顾花花草草也挺好。大房子我今天过去收拾了一下,还是老样子。"

"老林,我能不能回家去住?"

"我又没有撵你,是你自己生气跑回去的啊。"

"我不管,就是你的错!"

诺一洗完澡从浴室里走出来,看见林霍立马扑过来抢柚一的手机:"老爹,我必须向你告状,姜柚一总是欺负我!"

柚一被诺一用腿夹住动弹不得,但嘴上还是不依不饶:"明明是你自找的!"

"你们两个怎么大晚上还这么有活力,玩了一天不累吗?"林霍干咳几声,掐掉了手里的香烟。

"你是不是又抽烟了啊?都说多少遍了,怎么还不听?"柚一从诺一的束缚里挣脱开,厉声警告着林霍。

林霍没有辩解只是傻笑:"知道了,知道了,挂吧,你们早点休息。"

"不许再抽烟了!"

"好,知道了!"

挂了电话,林霍脸上的表情垮下来,他重新夹起香烟想到柚一为了让他戒烟发的脾气又放了回去,端着水杯深深抿了一口。他的桌上放着射击大赛的邀请函,烟灰缸里的烟灰已经堆满,整个书房都弥漫着烟草的味道,尽管这样却还是缓解不了他心头的忧愁。

"我该怎么办呢？你要是知道就给我支支招吧，我没有办法了。"

林霍看向桌角摆放的合影，喉咙被烟草熏得咳嗽起来，眼睛里闪过泪光。他端着杯子去倒水，掩上了书房的门。暖黄色的灯光照在相框上两个青年的笑脸上，其中一个人和林霍长得极像。

乌色的天空被吞噬掉一层又一层，别的星星都回家了，只剩下一颗闪烁着白色光芒陪伴月亮。

四个人抱成一团裹着毯子，从山那边透过来的光芒映入他们期待的眼睛里，它慢悠悠地移动自己的坐标，驱散黑暗，点亮这片天空。

"好漂亮。"

"柚一姐姐，快许个愿吧，一定能实现的！"

"不，愿望不能靠祈祷，得自己实现。"

"那嘟嘟也许愿了，嘟嘟也要靠自己！"

柚一歪头看他："嘟嘟的愿望是什么呀？"

"This is a secret. 这是个秘密。"

三个人被嘟嘟的话逗笑，羡慕着小孩子的天真纯粹。

柚一从毯子里走出，用手指把愿望写在海浪可以拍打到的地方，拍了一张照片更新了微博，然后跑向酒店："走吧，一会儿就要吃早饭了。"

诺一好奇地凑到海滩前，字迹早已被海水冲淡，他追在柚一身后："写的什么啊，姐？"

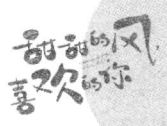

"This is a secret!"

"你就告诉我吧,姐。"

"去看微博。"

诺一悻悻地翻开微博,柚一的微博下面已经有了很多点赞和评论,沙滩上歪歪扭扭的字体随意地摆着,白色的鞋子露出半只。

Submit to yourself.

只臣服于自己。

"姐,只臣服于自己是什么意思啊?"诺一三步并成两步飞奔到柚一身旁非要问出个所以然。

站在后面的浦昭和嘟嘟对望一眼,笑了。

嘟嘟打了个哈欠:"好困啊。"

"走吧,我们也回去了。"

"你说,柚一姐姐的微博是什么意思?"

浦昭思忖一会儿无奈地摇了摇头,人总是这样的,会因为一件很小的事情溃不成军,也同时会因为一件小事改变对事情的看法。

回程途中,柚一处于昏昏沉沉的状态,要不是身边有诺一在,她绝对不知道自己睡醒之后会出现在哪个地方。机场的大巴车一路走得颠簸,柚一被摇晃清醒过来,大概瞥了一眼周遭的陈设,眯起眼睛,哑着嗓子:"给我水。"

"喏。"

柚一拿起水放在嘴边,并没有喝到。她猛地睁开眼睛才发现水瓶没有拧开,转头注视着诺一,说:"帮我拿下糖果。"

诺一从背包里翻找出糖罐直接塞进了柚一的手里,柚一垂着眸子,看着糖罐上刻着的柚子图案,心头黯淡。

柚一彻底清醒过来,她发现自己深陷在某人的无微不至和温柔里,越挣扎越思念。她靠在车窗上望着过往的车辆,满脑子都是浦昭的笑容。依赖这种东西对她来说是最致命的,因为她会忍不住地靠近、会忍不住地想要和对方分享自己的喜怒哀乐。

但是一个再怎么温暖、善良的人也会害怕自己的人生拖上一个安全感不足的累赘,会逃离会厌恶,甚至恶语相向。

她微微合上眼睛,眼角滑落一颗泪珠,肩膀微微颤抖,她怕极了这种状态。

柚一的成长世界里最不缺乏的教育例子就是人心险恶。柚一从小性格就很开朗,喜欢唱歌跳舞,也拥有很多朋友,但自从父母相继离世,身边的亲戚朋友瞬间换了嘴脸让不足七岁孩子的世界彻底崩塌。面对不顾家里人反对毅然决然领养姐弟两个的林霍,小小的柚一红着眼睛央求他也快点逃跑,她害怕被人当成累赘一样的存在,她害怕放下戒备心,所以她宁愿竖起身上的芒刺。

刚刚退役的林霍根本不知道怎么养孩子,因此被两个孩子折腾得不轻,平时两姐弟特别好养活,给什么吃什么从不挑三拣四,一旦到了半夜不是腹泻就是发烧。两个孩子一星期总要闹个两三次,到后来林霍才知道两个孩子对杏仁过敏,而每次半夜送去医院都是

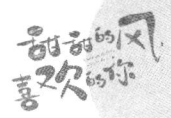

吃了林霍特地买回来的坚果酥糖。

后来林霍问两个孩子知不知道自己过敏的事情，年纪小的诺一并不清楚什么是过敏，作为姐姐的柚一因为误食杏仁去过医院一次知道自己的过敏体质，但是害怕被抛弃她不得不装出一副喜欢吃的样子。林霍看在眼里疼在心里，后来家里再没出现过有关杏仁的东西，就连坚果都被收拾得一干二净。

林霍多年来的栽培和教育才彻底打开柚一的心扉，而浦昭仅用了一个月时间便让敏感的柚一产生依赖的感情，背叛和辜负的情绪在她心头挥之不去。

生活回归正轨的柚一每天过着重复的日子，没目标没梦想，清清淡淡倒也充实。她总是在早晨等公交车时期待能和浦昭相遇，却每次都让她愿望落空。旅行结束后，浦昭再没出现在射击俱乐部，倒是白一南来过两次。

休息时间，和同事追剧的柚一，在听了剧中女主对意中人的自白后，醍醐灌顶。

原来，她对浦昭的感情就是喜欢。

第一次感受到喜欢的少女，既惊喜又害怕，但还是每天坚持抱着期待的心情积极面对。

旅行结束后第一次见到浦昭是在回家的末班车上，柚一上了车后发现少年正在打盹，很疲惫的样子。她坐在他的右后方观察着他。

乘客上上下下，终于到达终点站，柚一下了车带过一阵冷风叫醒了熟睡的浦昭,他醒来后默默跟在柚一身后送她回家。这是林霍和她七岁之后长大的地方,居住的大多是老年人,过了十点后不怎么出门压根不清楚这里的路灯坏了多长时间,每次柚一从这里经过都是心惊胆战。

"今天怎么回来得这么晚?"

忽然响起来的声音吓了柚一一跳,她拍着胸口好一阵子才缓过来:"你吓死我了!"

"对不起。"

"没事啦,我今天负责打扫卫生回来得晚一点。你呢,我这几天没见你去俱乐部。"

浦昭捏了捏脖子回答:"这几天忙着写论文,今天刚刚结束。"

"结束了就好好休息一下吧。"

"嗯。"

"嘟嘟过得怎么样?"

"他啊,这几天表现还算良好,没有惹是生非。"

"嗯。"

……

很久,两个人都没有再说话,不知道是因为有人搭话还是浦昭在旁边的原因,她本来很烦躁的心情变得很安静。

前阵子她就感觉有人跟在她身后,没有伤害过她,更像是在保护她,像现在浦昭一样。她恍惚间意识到浦昭和她说的第一句话不

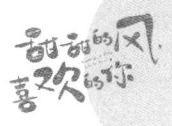

是询问她家住在这里而是今天下班很晚,说明他是知道她平时下班时间的,那一直护送她回家的人就是浦昭。

当她意识到这件事情时想回头问清楚,却再没找到浦昭的身影。晚风凉了不少,吹在人身上会激起鸡皮疙瘩,她跺着脚进了楼道。

"回来了啊。"林霍坐在沙发上调着电视频道,不难看出是特地在等柚一回家。

"嗯,外面的灯怎么还没修好呀?"

"你先坐,我和你说点事情。"林霍拍了拍旁边的位置。

柚一换好鞋子坐了过去,原本高兴的她在看见茶几上的邀请函时,脸色骤变。

"我不逼你,这个给你,参加不参加我都支持你。"

柚一双手搓着,不知道该怎么处理。

林霍拍了拍她的肩膀,声音仿佛苍老了十岁:"我没有逼你的意思,别害怕,给你考虑的时间。"

说完林霍回了房间。

在柚一看来,那句"不逼你"才更让她束手无策,她看不得林霍失望,但自己畏首畏尾的状态根本适应不了比赛。她讨厌以讹传讹,不明事理乱下结论的人,但同时支持她鼓励她的人也有很多。

电视开着,她呆坐在沙发上一动不动。她不清楚自己害怕什么,但就是没了站在赛场上的勇气,害怕失败,害怕人言,害怕失控,每件恐惧发生的事情都有可能实现,一旦出现后果不堪设想。

茶几上的邀请书,在灯光下那么醒目。

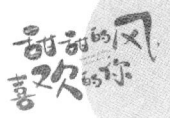

"据了解,射击协会已向全国范围内的射击运动员发出邀请,前不久刚刚表示不再参加比赛的'天才少女'姜柚一究竟会不会参加这次选拔赛呢?"

地铁里的应援牌上播放着体育新闻,柚一站在不远处看着新闻报道轻叹一声,她的左手握着一杯柠檬茶放在唇边呡吸,右手插在口袋里保暖。为了躲避公交车站等待采访她的记者特地选择搭地铁的柚一依旧没躲开自己的脸被放大在屏幕里,吸干净杯子里的饮料,将吸管和杯盖拆开后丢进标注着干垃圾的黑色垃圾桶。

地铁站里格外拥挤,都是拎着公文包上班的白领,一脸疲惫,毫无生气。地铁站的大门一打开,柚一就被身后的人群助力推上了车厢,整个车厢满满当当的塞满人,放眼望去像一盒刚刚被填满准备带去包装的沙丁鱼罐头。

"她就是姜柚一吧,怎么在这里?"

"你小声点,一会儿她该听见了。"

柚一身后有两个人在窃窃私语,声音不大但正好砸在柚一的耳朵里。柚一的指尖揉搓着衣角做着深呼吸,她原本做好的心理建设此时此刻崩塌到面目全非。一边是和天空做的约定决定改变自己的心态，一边又是她的恐惧，手心里急出了一层汗，她在心里一遍一遍地模拟打招呼的场景，但还是会在转过身的一刹那败给自己。

无助、恐惧还掺杂着对自己的失望，杂乱的情绪不断骚扰这只躲在围墙下瑟瑟发抖的纸老虎，她感觉有人在拍她的肩膀，转过头见到一个笑容灿烂的女孩子。

"你是柚一对吧？刚才就感觉是你，想和你打招呼但是没有勇气，我下一站就要下车了以后可能就没有偶遇的机会了。我是你的粉丝，这次的比赛要加油，我会一直支持你的。"

柚一点点头，回答："好，我会加油的。"

窘迫的环境下陌生人的一句话彻底让柚一放下戒备，虽然嘴上说着会加油，心里也十分渴望会全心全意投入到比赛准备里，但最后可能还是会败在自己的情绪上。

不管了，管不了也管不好，她始终都是一个控制不住自己情绪的人，她已经不愿意再改变什么了。

上班打过卡，柚一蜷缩在吊椅上，包围的氛围能让她感觉自己是安全的，林霍被柚一的低气压影响也开始颓废起来。

出门之前柚一耷拉着脑袋怏怏地抬起瞟了一眼林霍又落下，像受了不少委屈。

从办公室走出来的林霍背过手佝偻着背在楼道里踱步，脚步落得很轻，惆怅的情绪却很重。

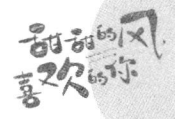

是不是做错了？不应该逼她的？

他紧锁的眉头又增添烦躁，他止步在办公室门口抬起手臂想要开门，姿势定格在半空中。

"我知道你想说什么，我也清楚自己到底处于什么样的状态下，所以等我自己想明白，等我自己放过自己，我就会好了。"

站在门口的林霍轻轻一笑："我就是想问问你想不想吃蛋炒饭，快到午饭时间了。"

缩成一团的柚一抬头望了一眼墙上的钟表，显示着九点十三分，摇了摇头腹诽着老林撒谎都不会找个像样的借口。她拍了拍肚子，瘪瘪的胃大概早就已经抗议了，只顾着想事情都没有考虑到它。

"那我就吃一份吧，要超多超多鸡蛋的那种。"

"直接给你炒一盘鸡蛋不就行了，还吃什么蛋炒饭？"

"那不一样！"

"等着吧，也不知道有什么不一样的。"

脚步声渐行渐远，柚一重新缩回自己的"笼子"里，安静的空间里只能听见呼吸声和时钟指针行走的声音。

"柚一！柚一！"前台小姐的声音从楼道里传到柚一的耳朵里。

她穿上鞋子出去。

前台小姐看到她，边喘着粗气，边抓上她的胳膊："打你电话怎么不接，有顾客找你现在人已经在训练场了。"

她回过头瞅了一眼被扔在吊椅上的手机，抓了抓脖子："手机静音了，对不起啊。"

"我没事儿,就是过来告诉你一声,不要耽搁了。"

"谢谢……我这就过去。"

"好,那你先准备一下,我先回去了。"

前台小姐离开之后好一阵子,柚一才缓缓地蹙起眉头,从口袋里拿出糖罐倒了几颗糖在手心里,在嘴里咬碎,发了狠似的,好像这样做就可以把烦心事都咬碎嚼烂一样。

只几步路却走得格外漫长,她不紧不慢只封闭在自己的世界里,远远地看见射击场的大门还要在门口站一会儿,等嘴里的糖果融化完再进去。

"非常抱歉,我来晚了。"

她头也不抬地推门进入。

"没关系,我们的柚一无论是在赛场还是职场都喜欢让别人等待,不过没关系你有让人等待的价值。"

女生转过身来看着柚一,圆圆的眼中含笑,脸颊上的酒窝浅浅地凹了进去。她活泼可爱的气质与柚一是截然不同的,柚一第一次见她就这样觉得。当时相遇是在青少年的射击比赛上,她美得让柚一挪不开眼睛,恨不得飞奔过去仔细地观察一番。再后来,两个人一直以对手的身份出现,别看楚柯桐一副柔柔弱弱的样子实力却稳居高手行列里的第二,从未掉下来过。

至于她今天为什么会来找柚一,大概是来慰问一下总是排在她头上,让她稳居第二超越不过的柚一。

"不知道的还以为我们是好朋友的关系呢。'别想试图套近乎,我们只能保持敌人的关系',这可是你当时跟我说的话。"

"那么久的事情还记仇啊?"

"我无所谓的啊,反正你输给我之后,还是会把关系恢复成敌人。"

柚一找了个凳子坐了下来,双脚不安分地盘起,昂着头凝视着楚柯桐。

"选拔赛你收到邀请了吧,这次我不会再输给你了,所以别逃跑,亲自过来看我是怎么把你拉下宝座的。"

"你喜欢你拿去好了,我又不稀罕。"

楚柯桐的眼睛里闪烁过震惊,还是继续强调:"不喜欢时间久了也会有一种属于你的归属感,别嘚瑟,我会抢过来的。"

"好,我知道了。"

"我看了你之前的采访,不管你当初想退赛是真想这么做,还是闹着玩,你这次都必须来参加比赛!"

"为什么?"

"不然的话,我会天天来缠着你的,让你每天都看着我。"

"……"

柚一不知道应该怎么回答,只觉得幼稚,每天都来岂不是每天都有得忙,这不是件坏事反而是天大的好事啊,至少她能保证自己每个月的业绩都能够完成,不会被老林炒鱿鱼。她思忖着,这明明就是一件好事,为什么在楚柯桐的嘴里就变成了坏事。

难不成她知道自己总是给别人惹麻烦？

"是不是害怕了？那就去参加比赛吧，我就这一件事情要跟你说，居然让我等了十分钟。我现在已经通知完了，我要回去训练了。"

柚一还没有完全反应过来楚柯桐的思维，楚柯桐早已不见了身影，预约的射击场不用也是浪费。这样想着，她便自顾自地检查气枪开始练习射击。熟悉的感觉涌上心头，每一个动作不用想也印刻在四肢的肌肉上，唯一不同的是她不听使唤的右手，颤抖个不停。

"集中在你的靶子上，深呼吸！"林霍的声音从身后传来。

惊诧却不能分走注意力，她还是要先验证自己现在的实力。

柚一深深地吐出一口气，眼神笃定地注视着靶心，默念着一，二，三，扣动扳机发射出一发子弹。

成绩不算差但比起她之前的魄力却少了很多，她的右手总是会分走她的注意力，让她变得烦躁不安。

"老林，我的手是不是恢复不了了？"柚一看着自己的手腕，又转头看站在门口处的林霍，"它不恢复我就没办法站上赛场，我没有那个自信。"

"你可是姜柚一，没有你克制不了的问题，我相信你。"

"算了吧，我自己都不相信自己。"

"我记得当时你连气枪都抱不稳，十斤重的气枪看起来比你还沉。当时你为了证明自己可以拼了命地训练，怎么现在就没了那股韧劲？"

柚一瘫坐在地上："因为不甘心。我讨厌你当时一句话否定我

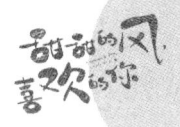

所有的热忱，我凭什么就要活成你给我定义的样子，我不服！"

"那现在呢？"

"不甘心肯定有，但我根本没有办法接受自己失败，没有办法接受我所有的付出到最后毁在自己手里。"柚一轻嗤一声，"想不到'天才'也是会毁在自己手里的，果然从高处掉下来会摔得更惨。"

林霍坐在柚一身旁："谁承认你是个天才了？我可从来都没说过，你就是只学不会先飞，靠着自己的蛮劲走下去的笨鸟。"

"真是无情，干吗这么说我，我不要面子的吗？"

"小屁孩要什么面子！"

柚一斜睨着林霍，转过头偷笑。在林霍面前，她还是个小屁孩不需要面子也不需要强装坚强。她捏着手腕忽然想起刚才发生的事情，说："刚才楚柯桐来过了，像个孩子一样，有活力有目标，比我要坚定。"

"吃饭吧。不是早就饿了，吃饱了才有力气想对策。"林霍把端来的蛋炒饭放在柚一面前，"我家的孩子我最清楚，她不过是暂时迷了路，等她自己想明白看清楚就好了。我不需要和任何人对比，她本来就很优秀没有人比得上。"

"哎，肉麻！"

"肉麻吗？我看书里说这么做可以鼓励孩子的信心，没有感觉到吗？"

柚一撇撇嘴："没有。"

"看来还是做不来文绉绉的事情。赶紧吃吧，吃完饭干活儿去!"

柚一抱着碗看了半天才找到几块鸡蛋,抱怨道:"不是说好多放一些鸡蛋吗?"

"不吃就放下,给你吃我还觉得浪费!"林霍的声音远远的。

柚一看过去才发觉林霍已经一脚踩在了门外。

"知道了!"

她耷拉着脑袋,抱着碗飞快地扒了几口,米饭下面是满满的炒蛋。

柚一想起刚才林霍口是心非的样子心里一暖,脸上笑着,眼角却流出泪来。林霍的爱很单纯,笨拙地用他自己的方式来爱两个孩子,天冷了不会说要多加些衣服而是先劈头盖脸地骂一句穿这么少好看啊,转头就会给孩子们准备棉衣。

小时候的柚一常常怀疑林霍是不是讨厌她,久而久之,习惯了也就不再去分辨是喜欢还是讨厌了。长期处于这种环境的柚一对于自己的情感需求也变得扭曲,她不知道自己需要什么,所以做出一副无所畏惧的模样掩盖委屈和无助。

下课铃声响起,趴在桌上小憩的浦昭睁开眼睛打了个哈欠。

"这次我们班论文分数最高的是浦昭,如果你们要是有浦昭用心研究的努力我就不发愁了。看看你们给我交上来的论文,写的都是什么东西,抄袭就抄袭还抄到一起去了!"

浦昭皱着眉头瞥了一眼站在讲台上喋喋不休的导师,绝望地又

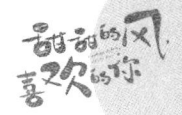

趴回桌子上。从来不喜欢听唠叨的他最烦的事情就是"捧杀"教育法。把一个孩子捧到天上去，训斥着其余不那么突出的孩子，既会招惹嫉妒他的人，又会让他变得烦躁不安。

"昭儿，昭儿！"

"咋啦？"

"我解不开了，你给我拼一下。"白一南晃晃手里的魔方，趁着台上的导师不注意丢了过去。

"你有耳机没？"

白一南摸摸口袋翻出耳机，点点头递过去："我有，给你！"

"谢啦。"

戴上耳机，世界一下子安静了下来，浦昭低着头扭着魔方，思绪逐渐飘散。魔方拼好后，百无聊赖的他又开始用眼睛探索有趣的事情，丝毫不在意台上讲得热火朝天的人。

"射击选拔赛已经准备就绪，'天才少女'姜柚一仍未做出回应，她究竟是否会参加比赛暂时还未得到准确答案。"

耳机里的电台新闻像一只火把，燃起浦昭心里愈演愈烈的情绪，他本来掩盖得好好的，偏偏在这个时候撕碎了他所有的伪装。

要不要发个消息过去呢？要说点什么呢？要不要开门见山地约她出来见面呢？大脑还没思考清楚，动作却快了一步，聊天框里的文字发了出去。

"在干吗？"

浦昭手指颤抖了半天想要撤回，在手指按下去的瞬间收到了柚一的回复，激动得差点叫出来。

柚一："在休息。"

浦昭："看了新闻有些担心你，你会参加比赛吗？"

柚一："我不知道。"

浦昭："要事先保留神秘感，然后忽然出现在赛场上，制造一种惊喜的感觉吗？"

柚一："这又不是娱乐节目，没那么多花样。"

浦昭："放松一点，在我认识的朋友里你是最优秀的。"

三分钟过去，没有回应……

五分钟过去，没有回应……

十分钟过去，终于有了回应，正当浦昭百思不得其解柚一发过来的表情包是什么意思，她又发过来一条消息，说她今天要替同事打扫卫生。

晚上要帮忙打扫卫生，那是不是今天坐末班车的时候可以遇到她啊？

一想到晚上会相遇，浦昭恨不得立马通知太阳下班然后去见柚一，多一分一秒都觉得是在浪费生命。

浦昭："我今天也有点事情，会坐末班车回家，我们可以一起。"

消息发出去之后，他反复读着自己说的话，心想，这样说会不会被她认为我是故意的，会不会影响她对我的看法？

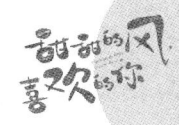

柚一:"那就约定好了啊,不要逃跑!"

浦昭:"好,一言为定。"

消息发送出去很久,浦昭都没有关闭聊天页面,明明知道对方不会再发消息过来却还是要再等等。一句话、一个字哪怕是一个标点符号都足够让他回味很久,胸口悸动的声音他都能清晰地听见,他的脸颊绯红,嘴角是藏不住的欣喜,手掌抚在胸口感受着不同寻常的情绪体验。

在他的印象里,自己几乎不怎么会隐藏情绪,想要什么、需要什么会第一时间说出来,从来不会藏着掖着。可这次不知怎的,只想自己知道就好,只想让那些时常侵扰自己正常思绪的情愫锁在心里,留给自己偷偷观看,偷偷欢喜。

"昭儿!"

听到自己名字的浦昭吓得一激灵,怯怯地抬眼看清白一南的脸这才勉强收起自己沉醉的表情。

"怎么了?"

白一南一脸狐疑:"应该是我问你怎么了吧。这都下课了,想什么呢?"

正在收拾书本的浦昭手上动作一顿,不安地转了转眼珠子,搪塞道:"就……就有那么回事儿。"

"不对,不对,你绝对有事情瞒着我,让我猜一猜。"

浦昭站起身将背包挎在肩上,望着白一南,轻轻一笑:"别想了,绞尽脑汁参透我的想法还不如想想怎么应付你的结课作业。"

"啊，对了！"被提起头疼的事情白一南才想起自己刚才要做的事情，"昭儿，帮帮我吧，我的作业帮我想想对策吧。"

"我不要！"

浦昭头也不抬地往前踏着步子，手里扭着魔方。刚才他神游的时候把拼好的魔方又打乱了，现在想要恢复它。

白一南小跑着追上去，他今天无论如何都要求浦昭帮忙完成他的作业，不然他将面临肄业，他绝对不能让这样的事情发生！

"昭儿，你就帮帮我吧，我请你吃饭怎么样？"

"我不饿，谢谢。"

"那我请你去看电影。"

"我不想看，谢谢。"

"那你想干什么啊？"

"我想去见柚一……"

毫无防备地说出这句话来的浦昭惊恐地瞪圆了眼睛，他惶恐地望向白一南，尴尬地笑了几声："我，那个什么……"

白一南比他还要兴奋，飞扑过来挂在他的身上，嘴角都要咧到耳后了："我就说吧，你们两个绝对有事情，到哪一步了，臭小子赶紧交代！"

"什么哪一步啊，我们还没开始呢。"

白一南张大嘴巴，蹙着眉头看着他："纠结什么呢，再等下去黄花菜都凉了！"

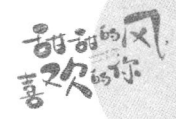

"我知道啊,但是也不能马上就去表白吧,而且嘟嘟怎么办?"

"啊,我都忘了嘟嘟也喜欢姜柚一。"白一南瞟着浦昭,"你们真是同一个血统里的,舅舅和外甥喜欢上一个女生,这样复杂的关系,小说里都不敢这样写吧!"

浦昭紧紧抿着唇,唇瓣因为撕扯微微发白。

"不要纠结那么多,我想嘟嘟也会支持你的,实在不行我帮你去劝劝嘟嘟,你就大胆去做吧!"

"真的?"

浦昭的眼睛里闪烁着光芒,嘴角忍不住上扬。

"就是我这个作业吧,需要你帮帮忙。"

浦昭冷笑几声,他甩开白一南自己往前走,边走边嘀咕:"果然,黄鼠狼给鸡拜年,没安好心!"

"你到底帮不帮我啊?"白一南站在浦昭的身后扯着脖子问他。

"帮,走吧!"

白一南忍不住笑起来,自己的好兄弟终于开了窍,而且最重要的事情是自己终于不会挂科了!他现在恨不得找到姜柚一,深深地鞠上一躬,表达感谢。让他在八卦的同时还能解决燃眉之急,这样神奇的女子他一定要当作好运女神恭恭敬敬地对待。

"阿嚏!"

站在长长的队伍里排队的嘟嘟忽然一个喷嚏,口水喷得前面的东东一身。他从口袋里拿出纸巾擦了擦鼻涕,又拿出一张递给东东:

"对不起,我不是故意的。"

"老大,你感冒了吗?"站在嘟嘟身后的小易伸手过来摸嘟嘟的额头。

"这你就不懂了吧,一想二骂三念叨,这明显就是有人想我了啊!"

东东也侧过身子笑嘻嘻地问嘟嘟:"老大,谁想你了啊?"

嘟嘟一脸无奈地看着东东,伸手想要摸摸他的脸却被身高局限只好变成了拍拍肩膀:"东东啊,没事的时候别总顾着吃东西,多看点书吧。我要是知道谁在想我,就不会出现在这里了。"

"哦。"东东撇了撇嘴,"老大你还是没说是谁想你啊。"

"东东,你最爱吃的鸡腿要没了,还不快去盯着点!"

小易看不下去替嘟嘟解围,东东听到吃的东西也不再纠结谁在想嘟嘟立马回过头去盯着盘子仅剩的一只炸鸡腿。

嘟嘟抱着胳膊望着东东,说道:"有时候我挺羡慕东东的,每天只顾着吃吃吃,无忧无虑!"

"老大,你不也是每天都在睡睡睡吗?"

嘟嘟侧过头瞥了一眼小易:"你还真是会举一反三!"

围在一起吃饭的三个孩子自然免不了会暴露出喜好和自己的关注点,嘟嘟在盘子里拣出青椒放进东东的盘子里,小易挑拣出洋葱放进嘟嘟的盘子里,东东挑出盘子里最不爱吃的香菜放进桌子上的纸巾里。

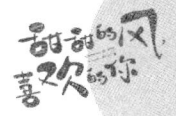

"老大,老大,你上次说的那个射击运动员,叫什么柚子?"

"你说柚一姐姐?"嘟嘟抬起眼看东东,想知道东东会带给他什么新的情报。

东东咬了一口炸鸡腿,嘴角沾满油花:"最近新闻上都在报道她,好像挺多人关注的,能不能给我要个签名?"

小易夹着鸡腿放进东东的盘子里,眼睛不停地瞟嘟嘟的脸生怕他忽然把坐在对面的东东按在盘子里,连忙制止东东继续说下去:"东东啊,我这个吃不了了,你帮我吃吧,老大之前就说过吃饭的时候不可以说话赶紧吃吧。"

"你老看我干什么?"嘟嘟看了一眼小易,不解地问。

"没事,没事,哈哈哈哈。"

吃了几口饭的嘟嘟喃喃道:"东东这么一说倒是提醒我了,我应该告诉下浦昭让他去帮我给柚一姐姐打个气。"

正在咖啡厅里帮忙写作业的浦昭见到手机屏幕上显示嘟嘟班主任的电话号码迟疑了一下,但还是硬着头皮接了起来,听到对面传来的是嘟嘟的声音,这才放下心来。

"浦昭啊,我可不可以求你帮个忙?"

"祖宗啊,你是不是又惹事了?"

"我没有惹事,我就是想让你帮我去给柚一姐姐打个气,鼓励一下她。我看了这几天的新闻报道,早就想找你帮忙了。你不是射击俱乐部的顾客嘛,帮我给她加个油,我就不去见她了,我害怕柚一姐姐见到我一高兴没有心情去训练了。"

浦昭无奈地扯了扯嘴角,你的柚一姐姐才不会被你这个小屁孩影响呢,自作多情!

"就这样,我要回去午休了。"

"嗯,好好学习啊。"

"好。"

挂了电话,白一南忽然凑过脸来八卦:"嘟嘟吗?说了什么?"

"让我给他的柚一姐姐打打气。"

"这孩子一点危机意识都没有。不行,我要打电话过去说说他,明明身边就藏着一条狼。"说着白一南就要抢浦昭的手机。

浦昭高举手机用身高压制着他,嘴角扬了扬:"别忘了,你的作业还得我帮你呢,你确定要自寻死路?"

浦昭把手机递到白一南面前,坏笑着看他的反应。

白一南思忖一会儿,吃人家的嘴软,拿人家的手短,又吃又拿的更没有理由去拆穿他伪装的皮囊了。

"啧啧啧,真是一出大戏。"

"闭嘴!"

"好嘞,都听您的。"

两个人分工合作到下午五点半才完成一份结业作业,白一南看着 Word 文档里的论文感激不尽地望着浦昭,激动地抓住浦昭的手:"您的大恩大德,鄙人没齿难忘。"

"行了吧你,别去嘟嘟那里揭我老底就谢天谢地了。"

白一南的头摇晃得像拨浪鼓:"不会的,不会的,我一定替你保守秘密。"

"时间不早了,你先回去吧,我还有事就不跟你一起回家了。"

白一南低头看了一眼时间:"这个时间去做什么,约会吗?"

"不可以吗?"

白一南嬉笑着凑到浦昭跟前,刨根问底:"和谁,柚一吗?"

"你管我!"

浦昭抬起腿朝白一南比画了一下,嘴角难掩笑意。

白一南撇撇嘴:"唉,长大了,长大了,不受管了!

"我走了啊,你好好去和柚一约会吧!"

坐在椅子上的浦昭挥了挥手:"拜拜。"

白一南刚迈出几步又返了回来,嘱咐道:"下次自己汇报发展地步哦,作为好兄弟也是要知道你的情况的啊。"

"看我心情!"

"喊,不敢表白的胆小鬼!"

白一南的话刚说完就被浦昭扔过来的抱枕砸个正着,灰溜溜地跑走。

等待的过程总是很漫长,浦昭特地选择离射击俱乐部很近的咖啡厅就是想知道柚一准确的下班时间,他可以做出偶遇的样子和柚一提前相遇。他坐的位置一抬头就可以看见对面俱乐部的情况,他猜测着柚一现在会做什么,有没有吃晚餐,有没有认真工作。

这些有关于她的事情不断在他的脑子里转啊转的,没有一刻安宁。

正在打盹的柚一可顾不上浦昭的幻想,畅游在梦境里释放自己的疲惫。

睡得太舒服醒过来已经十点三十五分,柚一急急忙忙擦了擦流出来的口水,拎着拖布草草地拖了遍地便去车站等公交车。

迷迷糊糊的柚一被冷风一吹瞬间睡意全无,瑟缩着身体盯着被橘黄色灯光照射的柏油地面。

"刚刚是不是睡着了?"

熟悉的声音忽然靠近,柚一仰头一望笑了起来:"你怎么在这里啊?"

"在等你啊。"

"我才不信!"

浦昭低头,橘黄色的灯光掩盖着他发烫的脸颊,脸颊往大衣的领子里蹭了蹭,风吹动他手里的袋子顺便帮他缩短了和柚一的距离。

"这个是给你的,不知道你有没有吃晚饭就随意买了一点。"

柚一歪头看他,笑着问:"你不知道晚上吃东西会变胖吗?"

"你的运动量那么大,这些热量是可以消耗的。"

"不管怎么说,总之谢谢你啦。"

即将入冬的夜晚还是会感受到它的脾气,只穿了一件运动服外

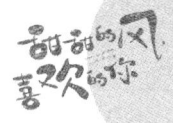

套的柚一站在四面透风的公交站显得有些单薄。

"风为什么这么大啊,我今天刚洗的头发又被蹂躏到出油了。"

"这都要冬天了,冷一点不也正常吗?"

柚一听着前面两个人的话,风大吗?她没有感受到啊。她扭头过去想问问站在一旁的浦昭有没有感受到很大的风,浦昭整个身子都是倾斜的,为她挡去一多半的寒风。他见她对他笑了笑,用手指擦了擦鼻头以免鼻涕偷偷流出来让他丢了形象。

"车来了,走吧。"

浦昭点了下头跟在柚一身后上了车,柚一拿着公交卡划了两次付了浦昭的公交费。跟在柚一身后的浦昭有些受挫,好不容易才和柚一熟络起来就牵扯进人情局里有借有还,这不是他想要的结果。

柚一坐在一张双人椅上,故意留出一个位置。浦昭因为刚才的事情对柚一身旁的椅子视而不见,似乎在用自己的方式发泄情绪,选择坐在柚一身后的椅子上。迟钝的柚一这次终于感觉到了不对劲儿,心里闷闷的。她低着头偷偷瞟了一眼身后灰色的影子,手指微微用力掐在手心里。她往窗边靠了靠,想把头靠在窗户上稍稍休息一下,不料却躺进了一个柔软温暖的手掌里。

"不要睡,会感冒的。"

柚一眯着眼睛嘴角弯了起来,浦昭身上的柠檬薄荷香闻起来总是那么舒服,她小幅度地蹭了蹭他的手掌然后坐正身体。

"你最近有没有看新闻?"她向后一仰,问他。

"有看,嘟嘟也看了,还让我给你加个油。"

· 185 ·

柚一叹了一口气:"其实,我现在不是很确定到底要不要参加比赛。老林很想让我参加,诺一也很支持,虽然他们嘴上说着尊重我的选择,但是我都明白他们的心思。"

"可以告诉我你的想法吗?"

柚一摇了摇头,不知道应该怎么回答,所以选择了缄默。

她看向窗外,街道上霓虹绚烂,车水马龙,好似每个人都在用尽力气生活,偏偏她是停下脚步的那个人。

"不急的,你可以慢慢想,想到什么就告诉我。"

浦昭的声音很轻,话语里满是温柔。柚一点点头没有说话,眼睛一直望着窗外的景象。她不知道的是坐在她身后的浦昭一直担忧地看着她,恨不得马上盘问个水落石出,心里那样想着却还是用自己的理智控制着。

两个人下车以后也一直保持着一前一后的状态,柚一没停下,浦昭没跟上。柚一走得很慢,一回头就可以闻到淡淡的柠檬薄荷香。她顿了脚步,咬着下唇转头问他:"我还是很害怕面对,我不知道自己究竟害怕什么,就是越想越害怕,越想越要逃避,逃得越远越好。"

浦昭听完柚一的话伸手摸摸她的头:"问问你自己,你自己心里会有一个答案的,别急,慢慢来。"

柚一迟疑一会儿点了点头:"不是很确定,大概有吧。"

"你害怕的是失败还是别的什么?"

柚一抬头看看他又低下头:"我害怕的东西,是讨论声,失败

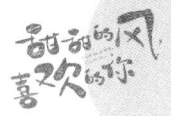

也让我害怕,因为那会让他们更放肆地去讨论我,我做不到听不见看不见,我没有办法。"

浦昭的眉头逐渐皱成一团,眼神中的担忧又加重一些。

"我前几天坐地铁的时候碰到了支持我的人,她说让我努力。我是真的很好奇她喜欢的是作为冠军的我,还是那个完完全全真实的我。"

浦昭口比心快地回答柚一:"我喜欢的是喜怒哀乐都俱全的姜柚一,会发脾气,会表达恐惧,会表达情绪的姜柚一才是一个完整的你啊。也许在一些人眼中觉得你过于优秀过于完美,你的成就是他们很长时间都没有办法实现的,这不是他们的错,你想想看你有没有对他们的话做出反驳和纠正。没有人会喜欢一个包装完美没有缺陷的人,一旦暴露出缺点才更招人喜欢。就像现在这样,你对我说出你的恐惧,这些来自普通人的情绪作为'天才少女'的你也有,这会让我觉得你没有疏离感。太过完美无缺在别人眼里会感觉到压力和疏远,而有缺点的完美更讨人喜欢。"

柚一耷拉着眼看他:"真的吗?"

那表情在他眼里是可爱的,可爱到让人想伸手捏捏她的脸颊。他干咳几声,用手遮在唇边:"对呀,现在的你对比之前的你就更让人心动。"

柚一扬起笑容,眼神里还是带着淡淡忧伤:"时间不早了,我回去了。这个,我会好好吃的,谢谢。"

柚一摇晃着手里的袋子,笑看着浦昭。

"明天是星期天,你有时间吗?"

"有啊,怎么了?"

他摇摇头,答道:"明天出来散散心,怎么样?"

柚一颔首:"好啊。"

浦昭笑着和她挥手:"晚安。"

"晚安。"

风风火火回到家就把自己锁在房间里的柚一,成功引起了家里两个男人的注意,林霍和诺一对视一眼,然后蹙起了眉头。

"看来她还是没有成功地纠正自己的想法。"

林霍长长叹了一口气,无奈地回答:"再等等看吧。"

"老爹,你不要发愁了,实在不行你就培养我吧,我去代替我姐比赛。"

林霍瞥了一眼兴致勃勃的诺一,说道:"洗洗睡吧,时间不早了。"

"晚安,老爹。"

林霍没说话,进了房间关上房门。

站在门前的诺一气得嘟起嘴来,小声说:"我可能比姜柚一还有天赋呢,过了这村没这店了,可别后悔!"回房间前又担忧地望一眼柚一的房间,摇摇头关了房门。

翻箱倒柜过后,柚一的房间已经变得乱七八糟,终于被她找到衣柜里放着落土的裙子。常年不变的运动服,偶尔她还是会像个小

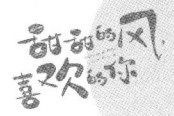

女生一样向往洋娃娃和连衣裙,这条裙子买回来之后一直尘封在衣柜里没有翻出来过。在全身镜前比画了半天,红色的雪纺碎花连衣裙衬得皮肤雪白,柚一低下头抚摸着光滑的面料,小心翼翼地挂在衣架上。

收拾好残局后,她有些疲惫地瘫坐在地板上,眼神捕捉到一个袋子,是浦昭上车前给她的。

透明盒子里放置着牛油果三明治,她小心翼翼地尝了一口,十分惊喜。

"太好吃了吧!"

盘坐着的柚一兴奋起来,向后仰躺下,她躺在地板上放松身体,呼吸也变得冗长。她手覆在胸口上,紧张又期待的情绪再次出现,这样的情绪和站在赛场上的紧张情绪不同,她可以清晰地感觉到两者的不同。

月光倾泻,夜空中的星星点点闪烁,它们在扮演倾听者,倾听夜色下人们的心事。

早早起床的柚一,罕见地化了个淡妆。

起床去厕所的诺一见到精心打扮的柚一,在门口盯了足足两分钟。

"你干吗?"柚一问。

诺一围着柚一转了一圈,疑惑地问:"你要出去约会?"

"看起来很奇怪吗?"柚一指指自己的脸,伸手扯了张化妆棉,

"那我擦掉好了。"

"别擦！谁说不好看了？我只是惊讶是何方神圣能让你打扮得这么漂亮出门。"

柚一娇羞地笑了一下："就是个普通朋友。"

诺一脑海里忽然闪过某个臭小子的脸，收敛了笑容："快点走吧，一会儿要迟到了。"

"我还没弄完呢……"

诺一推着柚一往玄关走："别弄了，已经很漂亮了，赶紧去约会吧，玩高兴点！"

"知道了，记得告诉老林一声。"

"嗯。"

柚一换好鞋子回头向诺一再次确认自己的妆容没有任何问题，这才放下心来出门。

诺一站在玄关待了一会儿又折回房间。

"刚才柚一出门了？"从书房出来的林霍问诺一，诺一点点头，他又问，"出去玩了吗？"

诺一点头："老爹，也许我们并不是可以替她排忧解难的人。"

"莫名其妙地在那里说什么呢，赶紧去洗漱，我去做早饭了。"

诺一低下头，回想起刚才柚一脸上藏匿不住的欣喜，那个表情是他从没有在柚一脸上见到过的，偏偏一碰见浦昭，那个表情常常出现。

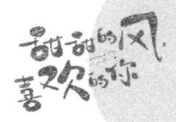

在地铁站相遇的两个人,见到对方后都被惊艳了。

一直都是休闲服或是运动服的柚一忽然换上一件淑女风格的雪纺裙,一改往日的随性,变得温柔又充满魅力。而一直喜欢穿牛仔、风衣,走潮流风格的浦昭换上了黑色的羊羔毛外套,里面搭配着黑色格子大衣和淡蓝色衬衫,鼻子上还架着黑框眼镜,怎么看都是一个风度翩翩、温文尔雅的绅士。

"哇,你今天变得好不一样啊!"柚一张大嘴巴围着浦昭转了一圈。

浦昭低头偷笑:"你也很不一样啊。只是穿这么少,你不冷吗?"

"不冷,不冷!"

柚一摇着头,暗暗庆幸还好昨天晚上准备了大衣外套,不然这种天气非得冻成一个人形冰棍。一阵寒风吹过,柚一身上起了一层鸡皮疙瘩,为了掩盖住自己还是很冷的事实,她催促着浦昭进地铁站。

两个人走在一起格外吸睛,柚一总是能感受到来自不同角度的视线,偶尔和陌生人对视上她还会淡淡一笑。见到她笑,对方也会回给她一个笑容。她恍惚间意识到自己之前都曲解了别人的意思,那些视线并不都是她想象中的带着攻击意味的,也可以是温柔和善良的。

星期天的地铁站里人群并不很多,有位置可以坐下。柚一和浦昭挨着坐,两个人身上的香水味道相互融合,变幻莫测,沁人心脾。

柚一随手拿出糖果递给浦昭,低头发现浦昭"叛逆"的膝盖露在外面,用手指小心地戳了戳:"不穿秋裤老了可是要得老寒腿的。"

浦昭痒痒的,用手掌盖上破洞裤露出的膝盖:"你的手更凉好吗?"

"有吗?"柚一双手摩擦几下,问他。

"谁让你穿这么少,借你焐一下,一会儿还给我。"

浦昭伸出一只手握住柚一的手,话说得极快,大脑根本来不及思考,脸别向一边沾染上一层绯红。

柚一低头看着浦昭的手,脸上升腾起一片红晕,头往衣服里埋了埋。

"请问你是柚一吗?"

仰起头见到一个中年模样的孕妇,柚一立马站了起来:"您坐这里吧。"

"谢谢啊,我和我丈夫可喜欢看你的比赛了,我们准备给我们的孩子起个小名叫橙子,也想把他培养得和你一样,当一个射击运动员。"

柚一颔首,笑得格外开心:"小橙子吗?一定是个漂亮的孩子。"

"对了,我和我丈夫开了一家攀岩馆,有时间可以去坐坐。"女人拿出两张优惠券递给柚一,"我们一家人都会为你打气加油的,永远支持你。"

妇人坐了没一会儿就下了车。

柚一拿着两张优惠券看向浦昭:"有兴趣吗?"

"今天你是主角,听你的。"

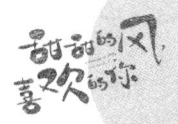

"好。"

两个人出了地铁站换乘公交车,坐了三站便是那位妇人说的攀岩馆。柚一为了形象需要定期补妆,把包包交给浦昭自己带着补妆的工具去卫生间。柚一对着镜子,检查着自己的妆容,在脸上扫了一层散粉,补了层唇蜜,满意地点了点头。正当她沉浸在自己的美貌中时,身后传来冲水的声音,里面的人头也不抬,身上穿着和柚一一模一样的裙子。

柚一慌张地跑了出去,刚才她在镜子里看清了楚柯桐的脸还有不同于她平板身材的好身材。

她整个人都变得闷闷不乐。

浦昭一见到柚一,笑容便浮上脸颊,手里握着两杯刚买的柠檬茶,他的身边还站着一个女生,女生见到柚一,悻悻地瞪了一眼转头走了。

浦昭问:"怎么了?"

柚一摇头:"没事。刚才那个人是?"

"她过来跟我要联系方式。"

"给了?"

浦昭笑着摇头:"没有。"

柚一低着头把距离拉开老远。

他小跑着追上柚一,握住她的手腕:"走吧,带你去个好玩的地方。"

柚一仰头望着浦昭的侧脸，失落地耷拉下脑袋，眼睛瞟到自己的连衣裙上，眉头皱了皱。

她今天就不应该穿这条裙子出来，楚柯桐的身材比她要丰满，长相也没得挑，偏偏就和她撞了衣服款式。

柚一郁闷着心情，莫名地想找个地缝钻进去。

"到了。"

柚一仰头看见攀岩馆的名字愣了愣，问他："这就是你说的好玩的地方？"这不就是他们本来要来的地方嘛。

"我要是不这么说的话，你也不会乖乖地跟我走啊。"

柚一被逗笑："走吧。"

她刚往前走了一步就被浦昭拽住了胳膊："你就穿这身去攀岩，确定吗？"

柚一低头看了看身上的裙子抬头问他："那怎么办？"

"脱掉！"

柚一环抱住自己鄙夷地看着他："你说什么，变态！"

意识到自己的话有歧义，浦昭急于辩解："不是的，不是的，我的意思是换掉就好了。"

"开个玩笑，放轻松一点。"

浦昭摸摸脖颈，整张脸连带着脖子都变成了红色的。窘迫的处境迫使他的口中不断分泌出唾液，他咳了咳："走吧。"

浦昭走在最前面，身后跟着柚一。前台的服务人员见到浦昭眼睛立马亮了起来："浦先生，您来了。"

"嗯,我放在这里的备用衣服可以拿一下给我吗?"

"好的,请稍等一下。"

来去大概两分钟,工作人员的手里就多了个褐色的纸袋。浦昭点头道谢后把纸袋往柚一面前一推:"你先去换一下衣服吧。"

见浦昭和工作人员的互动,柚一心底泛起阵阵酸意:"浦先生有一段时间没去射击俱乐部,难不成是成了这里的 VIP 客户?"

浦昭听出柚一话中的意思,挑眉笑道:"我怎么闻到一股酸味呢?"

见柚一不说话,他又补充道:"我只来过这里一次,至于为什么没去俱乐部——大概是因为有人思念成疾?"

柚一的脸一下子红了起来,扯过浦昭手里的袋子就往换衣间的方向走,她咬着牙齿恨不得立马从这个地方消失。

丢死人了!

换上衣服的柚一迟迟不敢走出门去,她咬着唇在换衣间里来回踱步,她紧蹙眉头,自己为什么要那么冲动地说出那种容易让人产生误会的话啊,真是搬起石头砸自己的脚。

"咚咚咚!"

"柚一,你换好了吗?"

"换,换好了。"

她慌乱地站在门前,轻手轻脚地推开门,绿色和紫色混搭在一起的男款运动服被柚一穿出嘻哈歌手的感觉。

浦昭丢过来一捆绳索,头也不抬地说道:"走吧,我带你先去了解一下攀岩的规则。"

"这东西，还真沉……"柚一抱着两捆绳索跟在浦昭身后嘟囔，手里的绳索重得压弯她纤瘦的身体。

浦昭故意站在不远处背对着她。

柚一见他没反应，气呼呼地把手里的绳索往地上一甩。浦昭回头望她，她对视上他的视线，微微颤动嘴唇。

"需要帮忙吗？"

柚一的倔脾气上线，甩了甩头，吞咽着口里分泌出发涩的唾液："不用，我可以的。"

"那我走了？"

"啊？嗯。"

柚一没有想到的是往日里无微不至的浦昭会忽然转变成另一个样子，咽了咽口水，求助的话她怎么也说不出口。浦昭站在不远处凝望着她，见她蹲在地上不起来走上前伸出手："起来吧。"

"不要！"

浦昭蹲下身和她保持同一水平线，对视："你的感受别人有时候是没办法感同身受的，如果你不说，我不问，事情会发展成什么样？"

柚一吸吸鼻子，把头扭向一边，两只手纠缠在一起掐得发白。

"不说话，那我走了。"说着浦昭就站起了身子。

柚一的声音很小："我拿不动……"

"什么？我听不到。"

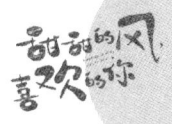

浦昭的手搭在耳朵上,整个上半身都倾斜了过去。

"我拿不动,帮忙拿一下吧。"柚一自己都能感受到自己刚才的声音是颤抖的。

浦昭笑得格外灿烂,忍不住伸手揉了揉柚一的头:"为什么明明是你的错却摆出这么委屈的表情呀,太可爱了吧!"

柚一没有躲开也没有否认浦昭说的话,她的确不是一个会表达情绪的人,但这不代表他可以戏弄她,不代表——算了,她对他居然一点都生不出气来。

她一定是疯了!

浦昭弯腰单手拎起绳索,两捆绳索之间夹着个可爱的哑铃差点没闪了他的腰,为了面子他只好装出没事的样子,勉强维持脸上的表情:"走吧。"

柚一走在前面,他偷偷地将塞在绳索之间的哑铃拿了出来。这个东西他之前为什么没有发现?他看看手里的哑铃又看看柚一,摇摇头,把哑铃放在地面的角落里,小跑着追上去。

阳光一晃,照到地面摆满哑铃的角落单单少了一只五公斤的哑铃。

攀岩馆的工作人员检查完设备会在大堂休息,路过门口的角落,看到孤孤单单的一只五公斤哑铃。

"是谁把你带到这里的,奇怪?"

经过浦昭的讲解和指导，柚一已经可以凭借自己的力量攀登新人区域的岩体。浦昭仰头望着柚一，随手拧开矿泉水瓶盖灌进喉咙。他烦躁地抓着额前的头发，半个小时里，柚一除了点头和摇头一句话都没有跟他说过。

"你要继续把我当空气吗？"

爬到岩体半腰的柚一动作一顿，向后一跃，利用绳索降落在地面上。

"这么无情吗？"

柚一忽然想起他刚刚教训她的话，回答："是啊。"

"堂堂姜柚一是这么小肚鸡肠的一个人，要是被人知道了怎么办？"

"我，姜柚一刚刚被某个人教训不会表达自己的情绪，现在我表达了，你还想怎么样？"

浦昭被柚一的话噎得说不出话来，一脸无奈地扶着下巴看她。她走到哪里他的眼神跟到哪里，目的就是为了让她先开口和他说话。

"我饿了。"柚一坐在浦昭旁边。

浦昭没说话，拿起旁边准备好的蛋白棒递给柚一，看着她撕开包装纸，开始吃起来。柚一起初还能够忍受他的视线，最后忍不住瞪他："我脸上是有花，还是有什么奇怪的东西？"

"我这是作为一个师父对徒儿的关爱。"

"我什么时候承认你是我师父了？"

"不想承认吗？"

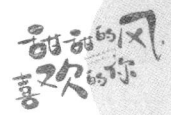

柚一冷哼一声："我当然不承认。想当我师父就赢过我，我刚才看了这面是新人区，那面是攀岩资深爱好者区，赢过我，我就承认你是我师父。"

"这可是你说的，别后悔！"

做好热身动作之后，两个人跃跃欲试。作为男生的浦昭利用身体结构上的优势刚刚迈出第一步就超出柚一一大截。不甘示弱的柚一紧跟其后，每一步都走得跟跄跄，浦昭停下脚步朝她望过去，刚刚学会攀岩的柚一使出吃奶的力气向上攀爬。

"加油啊，你快要追上我了。"

"顾好你自己吧！"柚一脚下用力一蹬，从浦昭面前爬了过去，运动神经发达的她一旦被刺激到就会爆发出潜力。

浦昭的手抠着岩点，整个人像壁虎一样贴在攀岩墙上，柚一侧过头来看他时立马装出努力在爬的样子，等她转过头又变成一只人形壁虎。柚一登顶转头对脚下的浦昭挑眉一笑，拽着动力绳滑落到地面上，浦昭随即也触发自己的动力绳踩到地面。

"厉害厉害，不愧是姜柚一，认输！"

听到自己的名字，柚一有点恍惚，问他："你刚才叫我什么？"

"姜柚一啊，怎么了？"

"没事，就是感觉挺意外的。"柚一卸去身上的装备继续说，"很多时候我的成功都归功于'天才少女'的名号，无论是在商场抽奖抽到面巾纸，还是在新闻上被点名，他们都把那些努力归功于'天才'

的帽子扣到我的头上来。"

柚一笑着，笑容里包裹着很多晦暗的情绪。浦昭似乎能感受到她情绪一般似的，心揪成了一团，表情也沉重起来。

"过来，让我摸摸你的帽子。"浦昭伸手在柚一头上比画着什么，像是捧起什么往自己脑袋上一扣，"你的帽子借我戴几天，正好我羡慕你这个天才的名号，这帽子好沉啊。"

柚一跳起来将手伸到浦昭头顶悬空压了压："别还给我了，送你了！"

浦昭指指自己的头顶："现在我帮你解决了这个大麻烦，攀岩比赛也输给你了，不准备请我吃饭弥补一下我受伤的心灵吗？"

"行吧，看在你今天一直被我欺负的份上，请你吃吧！"

"嗯？欺负？"

浦昭疑惑地歪头回想今天自己什么时候被欺负过，柚一悄悄摸摸地溜走生怕浦昭回想起来自己送给他的小礼物——五公斤的哑铃。

趁着浦昭没反应过来的时间，柚一跑到更衣室换了自己的衣服，还和工作人员问了浦昭来攀岩馆的频率，在确定工作人员的话和浦昭的话并无出入时才放下自己的好奇心。

"你是姜柚一，姜选手吗？"

柚一闻声扭头过去见到一身姿挺拔、模样憨厚的中年男人，在听到工作人员毕恭毕敬的一句老板时这才想起早上见到的孕妇说她和她丈夫都是自己粉丝的事情。

柚一伸出手，礼貌地问好："您好。"

那男人轻轻握住柚一的手,心里是按捺不住的激动:"真的是你啊,你好,你好。"

"今天早上遇到您夫人,她了我两张这里的优惠券,正好今天没什么事情就过来体验一下。"

"感觉怎么样,还满意吗?"男人激动地望着柚一,双手紧张地握紧放在胸前。

"我不是很懂攀岩,但今天我玩得很愉快。"

"好,好。"

"老板,这里又不是只有姜柚一一个客人,也看看我吧!"

还完设备的浦昭刚进门便看到老板羞赧得像个小媳妇,温馨的画面刺痛他的眼睛,从来没有受过这种待遇的浦昭开始嫉妒起来。

老板看都不看他一眼,摆摆手说道:"别打扰我,我在跟我的偶像说话,今天我开心就给你打个八折吧。"

"谢谢你……"

被冷落的浦昭没了继续讨老板关爱的心情,耷拉着脑袋站到柚一身旁。

"不都说给你打八折了吗,怎么还站到我偶像旁边去了?"老板鄙夷他。

浦昭瞥了眼偷笑的柚一,恶作剧的想法浮上心头,手搭在柚一的肩膀上:"我们是一起过来的。"

瞬间老板的脸就垮了下来,露出一副泪眼汪汪的表情望着柚一:"要是被绑架了你就眨眨眼,我可以立马把他制服。"

"老板，我在你心里是有多么差劲啊？"

"你不要说话，把她吓坏了。"

"她又不是玻璃做的，还会吓坏？"

浦昭脸上是一副大写的嫌弃表情，见到店门口进来的老板娘，一双眼睛都在放光。

果不其然，老板娘也注意到了这边，走了过来。

"老公啊，干什么呢？"

"你来了啊，小心点。"

老板小跑过去扶住女人，眼神里满是疼惜，女人娇羞一笑："谢谢。"

柚一拽拽旁边的浦昭："我们是不是该走了，这拨狗粮我不想吃了。"

"我早就想离开了，要不是你还在这里。"

"走吧，走吧。"

柚一拉着浦昭的胳膊往夫妻两人跟前走去，本想马上离开的柚一又再次被夫妻两人困住非得合影之后才肯放她走。难却好意柚一只好点头同意，浦昭充当摄影师。

拍了合照，签了名，柚一还亲自给老板娘肚子里的宝宝写了一封信，事情解决完之后外面的天都已经黑了下来。柚一抱着纸袋冻得发抖，嘴唇都变成了紫色的，浦昭脱下自己的外套搭在柚一身上监督她穿好衣服。

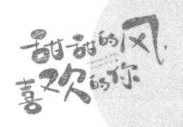

"穿好,不要感冒了。"

柚一被浦昭裹得严严实实,只露出一双眼睛,她突然觉得自己似乎被浦昭当成嘟嘟一样的小朋友,笑着说:"我又不是小孩子了。"

"知道了,柚一小朋友,我们去吃饭吧。"

柚一笨拙地点点头,尝试从宽大的外套里伸出手来,用力向外伸了半天终于看见两根手指。指尖温热,手掌整个被浦昭握住放进他的口袋里,柚一的信号塔彻底崩溃只傻乎乎地跟着他,大脑里一片空白。

最后晚餐还是浦昭结的账,两个人在吃完一大份爆肚后又包下了关东煮的摊子,鼓着肚子满足地在街上散步。吃了热乎乎的食物,又走了一段路,柚一感觉自己在浦昭的外套里蒸腾热气,白色的热气从袖口和领口散发出来。

"别脱衣服!"

柚一放在拉链上的手一僵:"可是我很热,不停在冒汗。"

"那帮你摘掉帽子吧,散散热气。"

柚一撇嘴,乖乖地站着不动。浦昭摘掉她的帽子小心地整理她紧贴在脖颈上的青丝,喉咙因为紧张不停地吞咽着。

头顶的路灯忽然熄灭,柚一下意识地抓住旁边的人,她的身边突然冒出好多黑影推挤着她移动。

焰火绽放,乍现在夜空中。

她仰起头望着头顶绚烂的焰火,呼出一口白雾,嘴角的笑意渐渐浮上脸庞。周围被焰火点燃，夜雾色的天空虽不及焰火艳丽却总是在用尽力气守护星星。夜空上方的月亮和星星在观察着地上的人们，而地上的人们也在仰望天空。

柚一的头顶上碰到什么东西，回眸望过去，浦昭面无表情地凝视着她，焰火的光芒映在他乌黑的瞳仁里。他的鼻息打在柚一脸上，眼神逐渐变得笃定，脸上的笑容不再，表情凝重起来。

"你怎么了？"

浦昭没说话只轻轻揽她入怀。

衣衫上的柠檬薄荷香味扑面而来，柚一有些不知所措，手不知道要放在哪里。

"你……你还好吧？"

听到柚一的话，浦昭稍稍放松抱住她的力气，与她惊慌的眸子对视上，禁不住低头吻在她的额头上。

身后的烟花漫天，天空是留不住的，他们各自的心里都偷偷放入一场烟火，任谁都无法擦除，偷偷表明爱意，虽然没烟花绚烂，但比它要漫长。

凌晨三点半,醒来的柚一脸颊红扑扑的,起床喝了点水,便再也睡不着了。一闭上眼睛,她脑子里的画面全都是浦昭。她傻乎乎地对着空气笑。

站在卫生间里的柚一被自己的傻样吓到,捧着凉水洗了把脸,脸上的红晕并未消退。

她磕磕绊绊回到房间,手机屏幕上闪烁的亮度让她猛地一惊,躺在床上好一阵子都抹不掉脑海中浦昭的样子。脑子里争吵的声音太大,都没有机会冷静下来仔细思考,为了让自己冷静下来,换上运动服像之前训练一般出门晨跑,沉浸在夜幕当中的城市还没有苏醒过来。稀薄的空气中夹杂着肺动力的养分,她的呼吸声很平稳让她足够安心,橘黄色的灯光下汗水和影子相互结伴而行。随着时间的推移,周遭的店铺逐渐点亮灯光,她脚下的步子越来越快,用尽力气。

当她的脚步停下来,汗水已经打湿她的内衫,她瘫坐在街道上大汗淋漓地喘着粗气,眼泪止不住地涌出来,她重新找到了她丢弃的安全感,就在熟悉的街道上、空气里。

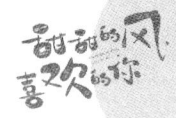

阳光照在她的身上时，像重拾生命一般充满希望，眼神中的迷茫也替换成为笃定。她弹跳着起身，拍了拍屁股上的灰尘，脚步轻盈地往家的方向移动。人真的很奇怪，能把自己推向伸手看不见五指的深渊，也有足够的力量把自己从深渊里拉出来，一旦迈出深渊就不再是原来的那个自己，也许长相未变、身材未变，但眼神和思想一定是不同的。

回到家的柚一做好饭，吃饱后开始收拾脏衣服准备扔进洗衣机里洗一洗，拿起外套轻轻一抖，一张牌从口袋里掉了出来。牌上画着一只从火堆中飞出的凤凰，口中衔着一支花，背后用金色的墨水写着一串英文。柚一对着手机词典查了半天才大概明白英文的意思。

"不死鸟的救赎，你得到的便是失去的最好的恩赐。"

她握住卡牌的手微颤，之前的她一直把自己封锁在自己的世界里，把恐惧奉为圭臬，对自己世界外的东西都嗤之以鼻，上锁的是她自己，挣脱出来的还是自己。

如塔罗牌上所说，她醒悟过后看到的希望恰恰是她丢弃掉的自我否定与自负心。她将自己推向深渊，所有人站在门外敲击叫喊的声音震耳欲聋，她用自己的思想牵制捆绑住自己，用毁灭的方式控诉旁观者的不理解，可当她放过自己时，才发现这世界对她究竟有多么宠爱。

"射击选拔赛定于两周后，就在今天早上我台收到'天才少女'姜柚一正式参赛的消息……"

体育新闻刚刚播出，射击俱乐部门口就已经被围得水泄不通。俱乐部的工作人员一大早就被林霍召集到会议室商讨柚一参赛的事情，他皱起的眉头终于如拨云见日般放了晴。而作为新闻焦点的柚一反而睡得深沉，丝毫不在意她的训练方案和吃瓜群众的议论，全然一副养足精神的模样。

体育新闻播出前的一个小时，林霍和柚一才刚刚结束一场谈话，全程林霍没有完整地说完一句话，统统被柚一抢了去。

"柚一，我要找你谈谈……"

"没什么好谈的，老林，我准备参赛了。想了很久，到今天我才明白自己最拿手的事情还是站在赛场上。我现在没有很多时间了，这次还要麻烦你了。"

"好……"

和柚一谈完话去书房联系举办方时，电话都拨了出去又被林霍挂断，他匆匆跑去找正在收拾房间的柚一，一遍接着一遍地确认。拨通电话后，他兴奋得语无伦次，差点没被举办方拉入黑名单，最后还是在诺一的帮助下才完整地表述出柚一参赛的事情。

林霍和俱乐部资深的几位教练商讨后，为柚一制订出一套完整的训练方案。散会后，林霍端着茶杯润喉，不知怎的觉得今日的茶汤都格外甜美。眼神瞥到在沙发上四仰八叉睡着的柚一，他厉声呵斥："都什么时候了还睡，我这俱乐部都要被那群记者挤爆了！"

柚一皱着眉头翻了个身，不耐烦地回答："哎呀，等我赢了比

赛给你把门扩大一圈。"

"你怎么就确定能赢了比赛呢?"

"姜柚一的字典里没有'输'这个字,你林霍的世界里更没有,别太紧张,安啦!"

"这次的选拔赛都是全国各地优秀的选手,你训练又晚,输了也不丢人。"

柚一蹙着眉头坐了起来:"老林,激将法有时候起反作用,你不如直接警告我,'姜柚一你要是输了就从此别吃我做的饭从我家里滚出去,所以你必须得赢',这样来得更实在些。"

"必须得赢!"

"这就对了嘛。"柚一笃定地点了点头,随即又换上一副可怜巴巴的表情,"老林,我饿了,要吃蛋炒饭!"

"吃吧,吃吧,没准这次输了比赛就吃不到了。"

"谁说的,我当然能吃,我能吃一辈子老林的蛋炒饭呢!"

林霍笑笑,说道:"你能吃一辈子老林蛋炒饭,我也给你做不了一辈子啊。"

"呸呸呸,我说可以就是可以,我有这个自信!"

林霍冷哼,还没等他的话说出口就被柚一的手机铃声打断,低头啜着茶水。柚一背对着林霍接通电话,尽可能压低自己的声音:"喂?"

"决定要参赛了吗?"

"对,总是当缩头乌龟,这次也要伸出头看看。"

"我想见你。"

浦昭的话简洁明了，柚一脸颊一红想起昨天晚上的吻，下意识地回答："我有点忙，下次吧。"

"那我去俱乐部找你。"

"现在俱乐部门口都是记者，你挤进来的概率比苍蝇飞出去的概率还低。不说了，我要去训练了。"

挂了电话，柚一扶额深深地呼出一口气，她不断提醒自己选拔赛在即绝对不能被情绪左右。她讨厌那个控制不住自己情绪的姜柚一，她可是姜柚一，必须什么都可以应付，哪怕是最不受控制的感情。

林霍滑动着俱乐部会员群里的聊天记录，脸色逐渐变得难看，不过是被记者围堵，竟有人猜测是俱乐部发生不好的事情被曝光。

聊天记录柚一也有草草看过，林霍的老花镜片反射着聊天记录的影子，她起身说道："老林，我忽然不饿了，我去训练场了。"

"怎么忽然就不饿了？"

"因为现在有比吃饭更重要的事情要做。"柚一走出会议室。

训练场在一楼大厅，柚一刚刚出现就听见俱乐部外面的记者叫喊的声音，她下楼的脚步一顿，抬头瞅了一眼，微微蹙眉。

"对不起，我会尽快打发这些记者的。"前台小姐见到柚一脸上熟悉的厌恶表情，赶紧道歉。

柚一走到她的跟前，微微一笑："没事。这次我来吧，辛苦了。"

对于柚一忽然之间的改变，前台小姐睁大了眼睛，目瞪口呆看着她说了简简单单的一句"暂时无可奉告，请不要打扰我们做生意"，

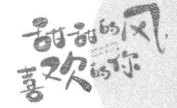

打发走在开门营业之前就等在这里的记者。

"想什么呢?"柚一眨着大眼睛望着前台小姐。

前台小姐摇摇头,柚一笑笑指了指训练场便离开了。

看着柚一的背影,前台小姐不可思议地嘟囔着:"一个人忽然转变了性子,究竟是中了什么邪?"

这句话声音不大不小正好栽进柚一的耳朵里,她打开训练场的大门进门后又掩上门,背靠在门上重复着前台小姐的话:"一个人忽然转变了性子,究竟是中了什么邪?

"因为忽然被一个人改变了对这个世界的看法,他说我需要和别人诉说自己的想法和需求,体验过后发现自己能够看懂别人的情绪,也开始理解别人的目光。"

这番自问自答让柚一充满斗志,准备训练。

尽管被柚一拒绝见面还是忍不住过来的浦昭问过前台小姐后,一直乖乖地坐在大厅里等待柚一走出训练场的大门,不急不躁,只安静等着。

时间一分一秒地溜走,浦昭从进门之后只看了三次时间,一次进门后,一次手机铃声响起,还有一次就是已经等待了两个小时的现在。

前台小姐自动给浦昭更换上痴情的滤镜,向老天爷呼唤为什么自己就遇不到这样的好男人,羡慕又嫉妒。

十二点刚过去两分钟,柚一从训练场走出来拍着瘪瘪的肚子:

"我好饿啊,你们都不饿吗?"

浦昭猛然起身,与柚一四目相对。

柚一本能地选择逃避,径直走向前台:"大家的午饭都怎么解决?"

"我刚刚统计好他们的餐点,你还没有结束训练还没确定你的饭就没有打电话订餐。"

柚一拿过前台小姐手里的单子,大概浏览一遍后抬头说道:"这个时间估计外卖小哥都要忙死了,我直接过去买吧。"

"可是,他……"

前台小姐指了指柚一身后的浦昭。

柚一咬了咬下唇回头望着他,少年还是往日的阳光帅气模样,不同的是,她现在能够读懂他眼神里包含的意味。

"如果你是来替我加油的,我会十分感谢。但如果是除了这些之外,什么都别说了。"

浦昭听完柚一的话,努力挤出一丝笑意。

柚一看得出他的勉强却选择视而不见。她出门为俱乐部工作人员订餐,浦昭一直默默跟在她的身后,在红绿灯改变颜色的时候拉住她,在她分心将要绊倒的时候扶住她,在她挤在外卖小哥长长队伍里返回时因为拥挤失重跌倒之际及时接住她。

两人全程没有说一句话,单凭往日积攒下来的默契默默观察着揣摩着对方的动作。在两个人快要走到俱乐部门口的时候,浦昭忽然开口打破了沉默:"你好好吃饭,好好训练,我走了。"走之前,

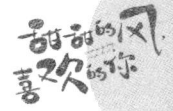

他伸手想要摸一摸柚一的头,却被柚一提前发现目的向后退了一步。他讪讪地收回手,苦涩地扯扯嘴角离开。

柚一转头望着浦昭的背影,心想是不是自己做得有点过分,但随即就否定这个想法。她现在正处于紧张的备赛阶段绝对不能因为一点小事就动摇就更改自己的决定。

绝对不可以陷进去,感情这东西,实在是太危险了。

她疾步跑向俱乐部,把所有与比赛无关的事情都抛诸脑后,她害怕自己会因为感情而动摇心神,而他害怕自己忽然开口的告白会彻底改变两个人的朋友关系。她不肯迈出一步,他犹豫着要不要撕破阻挡他们之间的窗户纸。

感情是很可怕的东西,预先建立好的防设会因为一句情话崩塌得面目全非,也同样会因为一句情话将破碎的东西重新拼凑完整面目一新。他们都知道自己逃避的是什么,也很清楚彼此心里早就按捺不住的情愫,只是逃避总比失去要好得多。

忙碌了一整天柚一回到家就把自己扔进柔软的被窝里,本想好好睡一觉休息一下,却偏偏被弟弟催促起来去买他需要换新的护腕和运动鞋。刚出了家门,迎面就碰上了浦昭和嘟嘟,嘟嘟背着小书包拉着浦昭撒娇,见到柚一径直朝她飞奔过来。

"柚一姐姐是知道嘟嘟下课了,所以过来接我吗?"

柚一蹲下身子摸了摸他的头:"虽然很抱歉,但还是要告诉你,姐姐要去给弟弟买运动鞋和护腕,并不是过来找你的。"

"没关系,那我跟着你一起玩好了。嘟嘟今天写完了作业,所以可以踏踏实实地玩。"

"嘟嘟,我们回去打游戏吧,不要打扰柚一姐姐了。"浦昭走过来要牵嘟嘟的手,却被嘟嘟一把甩开。

"我不要,我就要和柚一姐姐一起玩,我不回去……"

浦昭紧蹙眉毛,烦躁的情绪吞噬着所有的理智和好脾气:"嘟嘟,我之前怎么跟你说的?"

"我就是要和柚一姐姐玩,我不回去。"嘟嘟哭闹起来。

柚一抹了一把嘟嘟脸上的眼泪,安慰道:"那我们就一起去吧,去见一下诺一哥哥,他也一定很想你的。"

浦昭望着柚一欲言又止,意味深长的一眼将所有的情绪都隐藏起来。

嘟嘟拉着浦昭的手摇晃着:"浦昭,我们走吧。"

柚一拉着嘟嘟的手,嘟嘟又牵着浦昭,三个人就这样连在一起。浦昭看着身高只到他腰部的嘟嘟,人长得不大,能做的事情却大大超出他身高之外的领域。

当小孩子还真是好,随便撒撒娇就可以牵到喜欢的女生,只要放低姿态就能得到别人的谅解。浦昭偷偷地吸了吸鼻子,发红的双眸还是暴露了他的委屈与不甘。嘟嘟像是读懂他的情绪一般,摇晃着他的手安慰着他。

进了商场,嘟嘟抱着大杯奶茶乖乖地坐在店铺的沙发上,浦昭

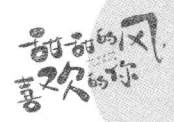

坐在他的旁边有一搭没一搭地抚摸着嘟嘟的头。嘟嘟不恼也不躲,偶尔还会抬头朝他笑一笑。

"浦昭,你今天不开心吗?"

"嗯,不是很开心。"

"要吃冰激凌吗?吃过之后就变得很开心了,嘟嘟最爱吃哈密瓜味的。"

浦昭伸手擦干净嘟嘟嘴边的冰激凌残余痕迹,放在嘴里尝了尝:"嗯,甜甜的。"

"要吃吗?嘟嘟用零花钱请你吃。"

"真的吗?"

嘟嘟从口袋里翻出零钱,抬头对浦昭说:"那你就先在这里等一会儿,我一会儿就回来。"

"好。"

嘟嘟小跑着去到蛋糕店,选好口味后结完账小心翼翼地护好冰激凌跑到浦昭面前:"给你冰激凌。"

"谢谢。"

浦昭欣慰地揉了揉嘟嘟的头发,尝了一口嘟嘟刚刚买回来的冰激凌,冰冰凉的口感混杂着冰粒,哈密瓜的味道瞬间在口腔里炸裂开来。

"好吃吧?"

浦昭点点头应了一声:"嗯,好吃。"

"看在它这么好吃的份上,就不要不开心了,这么好吃的东西就要快快乐乐地享受它。"

"如果现在的我高兴不起来呢？"

"那就吃掉冰激凌，吃到肚子里就会被身体消化掉了，消化之前身体不会纠结它是不是不高兴，反正到最后还是会被排出体外。"

浦昭看着嘟嘟，思忖半天开口问："嘟嘟，如果我办错了事情惹别人不开心的话，要怎么缓解我们之间的关系啊？"

"你做错了什么事情，很严重吗？"

浦昭挠挠头："其实，我也不是很确定是不是办错了事情，但她就是不理我了。"

"女生吗？"

浦昭点点头。

"那你就给自己找个台阶下呗，脸面这种东西又不是非得要的，必要的时候可以丢掉。"

浦昭望着嘟嘟肉肉的脸颊，忍不住掐了一下："你这个小机灵鬼。"

柚一挑完结好账转头看到两人嬉笑的温馨模样，情绪也被感染，跟着笑起来。帮柚一选购的导购员忽然开口问柚一："你结婚了吗，看起来很年轻的样子啊。"

"啊？我还没有结婚……"

"是同居情侣吗，孩子都这么大了，你老公长得挺帅的。"

柚一尬笑着点头，你说怎样就怎样吧，反正解释也听不进去，干脆就选择乖乖闭嘴。

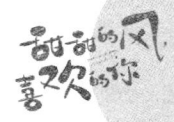

坐在沙发上的浦昭虽然没认真去听,却也听了个大概,他起身拉着嘟嘟朝柚一走过去,将手里的冰激凌递了过去:"给,我把冰激凌的精华部分留给你了。"

柚一笑嘻嘻的脸瞬间变得铁青。见到她的脸色骤然变化,他心满意足地扬起笑容:"现在知道我今天是什么样的心情了吧。"

她没说话。他见她沉默,淡淡一笑缓解尴尬:"肯定知道错了,我原谅你了,我们走吧。"

出了商场大门,两个大人又恢复成沉默的状态,只靠着嘟嘟搭上几句话。浦昭恨不得立马把柚一拉到一边问清楚自己在她心里到底是一种什么样的存在,他好奇,即便是讨厌也没关系。

"柚一……"

"姐,你来了啊,浦昭哥你也来了啊。"浦昭还没有说完的话就这样被诺一打断。

"诺一哥哥,为什么不叫我?嘟嘟也在啊。"

诺一低头看到嘟嘟,表情忽然变得惊诧:"嘟嘟你也在这里啊,我都没有看到,对不起啊。"

"请我吃薯条,我就原谅你。"

"好,等我训练完就请你去吃怎么样?"

嘟嘟点点头。

几个人跟着诺一进了体育场的休息室,诺一脱下脚上的旧鞋子,鞋底已经脱离原本的位置,刚踩进新鞋子里他便抬头泪眼汪汪地看着柚一。

"怎么了，鞋子不合适吗？"

"姐，这双鞋我要是穿着训练，还不如直接光脚呢。"诺一站起身来把脚一抬，鞋子就这样掉了下来。

"对不起啊，我记得你是这个码数呀，怎么不对呢？"

诺一拿起鞋子翻到鞋底看了一眼鞋码，叹了一口气："我冬天的棉鞋才是这个码数，普通的运动鞋要小一个码，我的姐啊！"

"我现在拿去换，你等我一会儿。"

柚一慌慌张张地拾起鞋子装进盒子里，准备跑去商场里换货。诺一耷拉着脑袋，烦躁地抓着头发，他只是想完成今天最后的加时训练，这样一耽误，又会被教练加重训练计划。

"你先穿我的鞋吧，我的鞋子码数和你的是一样的。"浦昭脱下鞋子递给诺一，"现在去换来回也得半个小时，我看你很着急的样子，估计是今天训练的时间没够吧。"

诺一小鸡啄米似的点头，拉着浦昭的手感慨："哥，你真是救了我一命啊。我昨天刚被教练骂完，今天就出了这码事，等我训练结束请你吃大餐！"

"快去训练吧，油嘴滑舌的，不图你那些。"

浦昭拍了拍诺一的肩膀。

诺一换上浦昭的鞋子三步并作两步地跑着离开。

柚一拎起诺一的新鞋："我去商场换鞋子，你和嘟嘟在这里等一下吧。"

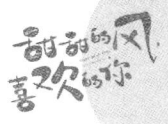

"不用我陪你去吗?"

"你的鞋子不允许你离开这个屋子半步,我自己去就好,让嘟嘟在这里陪你吧。"

浦昭盯着自己脚上的鞋子无奈地点了点头,柚一离开后,他重重地踩了一脚已经掉底的运动鞋,都怪这双不争气的鞋他都没办法和柚一单独相处。

嘟嘟和浦昭两人在玩了一局"向左向右看"游戏后,诺一已经结束了训练,距柚一离开前前后后不过五分钟时间。

"训练结束了?"浦昭仰起头看他。

"嗯,还是挨罚了,明天加罚五百个深蹲,我姐呢?"

嘟嘟放进嘴里一根棒棒糖回答他:"柚一姐姐去给你换鞋子了,刚刚出去。"

"我都给忘了,那趁她还没有回来,我们商量一下吃点什么吧?"诺一脱下鞋子盘腿坐着,空空的胃已经开始抗议,"没动力,没想法,只想好好吃一顿。"

嘟嘟翻翻书包拿出一根棒棒糖举起来问他:"我有棒棒糖,你要吃吗?"

"嘟嘟啊……"诺一接过嘟嘟手里的糖果,俨然一副要哭的样子。

"我没有别的零食了,没有了。"嘟嘟死死抱着书包摇头向后倒退,见诺一实在委屈,不忍心地又从背包里翻出一包薯条递过去。

"嘟嘟啊……"

"我真的没有吃的东西了,真的没有了。"

嘟嘟高高举起书包,里面只有几本书。

"谁说要吃你的零食了?你过来一下。"

嘟嘟眨眨琥珀色的大眼睛:"我其实不是很想过去,我怕你太饿把我吃下去。"

诺一挺直身子拉过嘟嘟在他的小脸上啄了一下:"嘟嘟啊,你可真是太可爱了。"

"咦!"

嘟嘟抹了一把脸上沾到的口水随手擦在诺一的衣服上,一本正经地看着诺一:"我的零食可不是白给你吃的哦,我是有条件的。"

诺一正准备拿薯条的手僵住:"你不早说我都吃下去了,我现在还能反悔吗?"

"不行,也不难办到。就是我想吃儿童套餐,还有就是柚一姐姐不是要比赛了吗,你要照顾好柚一姐姐。"

诺一吃得咯吱咯吱响,边咀嚼边点头,含混不清地开口:"放心吧,放心吧。"

嘟嘟嫌弃地抹了一把脸上被溅到的零食渣子:"我饿了,我可不可以现在就去吃饭啊?"

"这个你就得问你的大外甥了,只有他点过头我们才能行动。"

嘟嘟听完诺一的话,转头看向浦昭,还没有开口,浦昭就回答了他的问题:"去吧。"

"真的吗?"

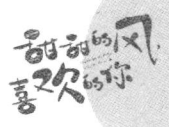

"嗯，去吧。"

诺一兴奋地抱着薯条袋子，吃掉倒进嘴里的最后一点，拍拍手，准备带着嘟嘟去吃东西。起身之后，他才意识到自己穿的鞋子还是浦昭的，正发愁的时候，忽然听到浦昭开口："你穿着去吧，我在这里等柚一就可以了，麻烦你了。"

浦昭说完就递过来一张银行卡交给诺一："想吃什么都可以，算我请。"

"哥，这个就不用了，就当我还给嘟嘟的好了。"说完，他转头对嘟嘟说，"走吧，我们去吃好吃的。"

浦昭看着嘟嘟又蹦又跳的样子嘱咐道："嘟嘟不要吃太多东西，一会儿晚饭吃不下了。"

"知道啦，知道啦，我走了，拜拜。"

嘟嘟朝浦昭挥挥手，浦昭也朝他挥挥手。

诺一和嘟嘟走后，体育场的保洁阿姨也开始一层一层地打扫卫生。

保洁阿姨见到浦昭愣了一下："怎么还有人呢？孩子，你再不出去就锁在里面了，快走吧。"

"哦……好，您忙着。"

可怜的浦昭趿拉着掉底的运动鞋在体育场门口徘徊，他不敢走，柚一回来会找不到人的，他只能在门口走来走去，等她回来。

夜幕逐渐吞噬掉橘黄色的云层，披上蓝黑色的外套。街角的路灯一盏接着一盏地亮起，远远地可以看见一个小小的身影正朝这里移动。

浦昭望着那个小小的身影嘴角的笑容早已掩盖不住，满脸洋溢着甜甜的笑容。

"别的小朋友都回家了，你怎么现在才来接我？"

浦昭坐在台阶上双手杵着下巴望着正准备上台阶的柚一，笑意盈盈。

"怎么出来等了，嘟嘟和诺一呢？"

"他们饿了去找东西吃了，只有我在等你。"

柚一低头偷笑，从袋子里抽出鞋盒拿出鞋子放在地上："穿上吧。"

她刚想起身就被浦昭拉住手腕往自己跟前轻轻一拽，猛地靠近。扑面而来淡淡的柠檬薄荷味道，柚一瞪圆眼睛对上浦昭弯弯的笑眼。

她吞咽口水，垂下眸子，视线顺着他脸庞的弧度降落在他的唇上。她脸颊发烫，心跳加速，匆匆忙忙想要抽回手。

"你很讨厌我吗？"

"啊，什么？"柚一躲避着他的视线，手足无措。

"你是不是很讨厌我，如果是也没关系，我只是不想我们忽然之间变得陌生。'和一个人熟悉可以是一瞬间的事，也可以是一辈子的事'这句话我第一次见你时就说过，没想到最后我们的关系还是会变得这么僵硬。"

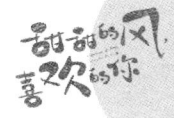

柚一紧紧拽着衣角,刻意压制的思绪彻底被打破平衡纷纷溢出来,她再也没办法将细小的情绪整理清楚,咬着唇半晌,回答他:"我不讨厌你。"

"真的?"

"嗯……我们去找他们两个吧。诺一刚刚发消息说已经订好了吃饭的地方,现在就等我们过去了。"

"好。"

浦昭回答得干脆利落,内心掩饰不住的欣喜,反反复复重复着柚一的话,不讨厌,不讨厌就好,只要她不讨厌自己,他就有成千上万的机会让关系更近一步。

诺一订的餐厅是家意大利餐厅,柚一和浦昭到的时候已经上好了菜。诺一和嘟嘟各点了一份炸鱼和海鲜奶油意面,而摆在柚一面前的只有沙拉和咖喱肉丸通心粉,她扭头看看浦昭面前的奶油蘑菇培根通心粉和千层面暗暗咽了咽口水。

"为什么我面前的菜这么寡淡?"

"不喜欢你可以和浦昭哥换一下啊,我和嘟嘟是不会和你换的。"

"柚一姐姐,我可以给你一点炸鱼条。"说完,他就往柚一的盘子里放了一些炸鱼条,还顺便用叉子偷偷带走柚一碗里的肉丸。

浦昭将自己面前的盘子往柚一跟前推了推:"不喜欢可以跟我换。"

"那我就不客气了哦！"得到浦昭应允，柚一开心地笑着举起刀叉。

"好。"

柚一最先挑出去的就是碗里碍眼的香菜，她夹得小心，生怕落下一点，以至于肚子一直抗议，还没有开始进食。浦昭端过柚一的盘子，帮她挑拣香菜，将自己的盘子换到柚一面前，柚一这才勉强开始吃饭。

诺一看着两人暧昧的互动，心头不免开始生疑，叫来服务员故意点了一份加香菜的沙拉，指定服务员端给柚一，目的就是想看看浦昭下一步是什么反应。菜一端上来柚一还没看上一眼就被浦昭劫走放到自己面前，而他现在正专心致志地剥虾给柚一。

"想吃自己剥，干吗一直让人家给你剥虾？"诺一将没有剥壳的虾放进柚一的盘子里。

柚一撇嘴，"哦"了一声开始自己剥虾，浦昭听到诺一抱怨的话笑着在他的眼皮子底下换走柚一手里没有剥壳的虾："给你吃这个。"

"谢谢。"

浦昭望着诺一问道："要我给你剥一点吗？"

诺一摇着头："不用麻烦了，我自己可以。"

不死心的诺一非要测试出浦昭对柚一的了解程度，把饮料点成奶茶，故意加很多糖，柚一抿了一小口就不再碰杯子。这样一个小小的细节被浦昭发现后，将奶茶换成了无糖的柠檬茶。诺一败下阵

来,无论他用什么方式,最后都会被浦昭发现,并赶在柚一发火之前迅速换掉。

嘟嘟吃饱之后吵着要去玩,诺一趁机让嘟嘟带柚一离开和浦昭面对面交流,少了柚一这个碍事的人,两个男生便直接开门见山。

"浦昭哥,你喜欢我姐吧?"

"嗯。"

"不解释一下,直接承认吗?哇,也太真诚了吧。"

"我没有什么需要解释的,我喜欢你姐姐,但是你姐姐现在一直在逃避这个话题。"

诺一似懂非懂地点着头:"我觉得你挺好的啊。我姐这个人啊,就是太迟钝了,她是个悲观主义者,你可能会吃点苦了。"

"我知道,我有准备的。"

诺一还想说什么,嘟嘟和柚一的出现彻底打断了他想说的话。

诺一瞟了一眼显得有些碍事的嘟嘟,正好被嘟嘟发现,嘟嘟抬头问他:"你看我干什么?"

"嘟嘟啊,你想不想去坐旋转木马?"

"去游乐场吗?"

"想不想去?"

嘟嘟点点头:"想。"

"那我们走吧,不带他们两个去玩,就我们两个去怎么样?"

"好啊!"

诺一迅速拿起自己和嘟嘟的外套,朝浦昭眨了眨眼:"麻烦把账结一下,我们就先走了。"

只剩下浦昭和柚一两个人,空气明显都凝固住了。结了账,两人慢吞吞地散步。橘黄色的路灯点缀着墨蓝色的天空,寒风吹过,不禁让人打了个寒战。

"冷吗?"

柚一摇摇头呼出一口白雾,实际上她已经冻得说不出话来了。

"我觉得我们应该好好谈一谈,我希望我们之间没有隔阂,可以吗?"

柚一没说话点了点头。

"我想知道你说的不讨厌到底是指什么,是不讨厌我这个人,还是不讨厌……"

"我的意思是我不讨厌你,也不讨厌和你相处,可能还掺杂着别的东西,但是我现在不能把它弄清楚,因为我害怕那会成为我的软肋,所以——"柚一停下步子望着他,"可以给我点儿时间吗,到比赛结束之后就好。"

浦昭笑着点头回答:"好,但是如果你不好好把握的话,我可能会跟别的人跑掉的。"

柚一瞪着他:"你敢!"

"我为什么不敢,你又没说不可以……"

浦昭的话还没说完,柚一踮起脚轻轻地吻在浦昭的唇上。

意识到自己动作的柚一羞赧地收回捧着浦昭脸颊的双手,浦昭

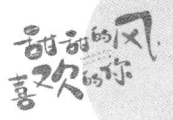

坏笑着搂住她的腰低头吻了上去。橙黄色的灯光照在两人身上，像是站在身旁静静观察一般，观察他们的不只有路灯还有头顶上披着薄薄一层墨蓝色丝绸衣裳的天空，第一片雪花落下时似乎是在祝福两个单独的个体终于突破重重阻碍选择牵手。

"嗯……这算是你的表白吗？"被稀里糊涂一吻的浦昭有些慌张。

柚一红透的脸埋在外套里，听到浦昭的话猛地仰起头："我……我没控制住。"

"不管，亲了我就要对我负责，你现在跑不掉了。"

柚一将脸又埋进衣服里，小声嘀咕："我才不逃跑。"

浦昭伸手拉住柚一的手，十指交叉，紧紧扣在一起。

"我刚才可听到你的话了，就那么喜欢我吗？"他凑到她耳边故意挑逗。

柚一仰起头刚想辩解，浦昭趁机啄了一下她的唇，事后得意地咯咯直笑。发现自己被哄骗后，她害羞地把脸又往外套里缩了一些，脸颊发烫。

不远处，一大一小两个身影正缓缓朝着柚一和浦昭走过来，白色的雪花越下越大，不一会儿，地上就覆盖了薄薄的一层，踩上去就是一个小小的脚印。

"下初雪了，嘟嘟，这也算是一种补偿吧。"

"哼，我去找柚一姐姐玩了。"

嘟嘟朝着柚一跑过来，目睹两个人松开手的动作也没多想，笑嘻嘻地抱住柚一："柚一姐姐，下初雪和喜欢的人在一起会一直一直幸福下去，所以柚一姐姐和嘟嘟一起吧！"

浦昭拽过嘟嘟的胳膊从柚一身上把他"卸"下来："臭小子，你不应该跟我一起吗？"

"每天看你我都看腻了，我要和柚一姐姐在一起！"

浦昭伸手捏着嘟嘟的脸颊："不行，这是我……"

他的话还没有说完就被柚一在身后拍了一巴掌，随即柚一牵起嘟嘟的手故意放大音量说道："嘟嘟我们走，不理他，在小孩子面前乱讲话。"

浦昭就这样被两个人丢弃在身后，诺一笑嘻嘻地跑过来问他："怎么样，怎么样，有没有进展？"

"算是有吧。"

"表白，牵手，接吻，到底进展到哪一步了？"

浦昭忽然害羞地低下头，回答他："这是个秘密。等你有了喜欢的人再研究这些东西吧。"

"喊，不说就不说。"

今天的末班车上格外拥挤，嘟嘟死死抱着诺一的大腿勉强才可以呼吸，浦昭将柚一紧紧护在怀里，圈出一个她可以活动的区域为她抵挡着背后拥挤的人群。突然一个急刹车，浦昭丝毫没有防备的身体径直朝着柚一而来，在柚一的头上落下了深深一吻。

柚一呆呆地看着他，脸上的红晕逐渐蔓延上来。

嘟嘟和诺一不约而同地张大了嘴巴，有惊讶也有气愤，嘟嘟张

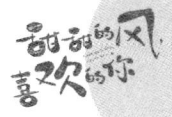

牙舞爪地要去解救他的柚一姐姐却被诺一拉回来死死挡住去路。

浦昭见柚一害羞闪躲的神情,笑了笑凑到她耳边说道:"又不是第一次,你害羞什么?"

柚一瞪了他一眼,把脸别到一边,浦昭见状咯咯直笑。

窗外的霓虹灯闪烁着,初雪的降临让他们看起来格外寂寞,她偷偷伸手去寻找他的手,在他的掌心蹭蹭,还好,有一个人陪她。

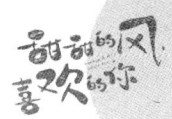

  浦昭从没想过因为和柚一的事情而导致自己和小舅舅的关系破裂,无论他怎么解释,嘟嘟都不愿多跟他说一句话,处处作对不说,还要故意装腔作势给他看。

  "嘟嘟,吃饭了。"

  浦昭的话刚说完,就听见嘟嘟重重地把门一摔。他蹙眉叹了一口气,这些天他绞尽脑汁去讨好嘟嘟却始终没有得到嘟嘟的原谅。

  "看来嘟嘟这次是真的生气了,想想办法吧。"

  "吃你的饭吧,饭都堵不上你的嘴。"

  浦昭把一碗粥放到白一南面前,特地请过来的帮手却帮不上忙,他本来郁闷的心情更加难受了。

  "不是说好当我的后援团,问出什么事了没?"

  白一南不紧不慢地辩解:"我这不得先知道你到底做了什么错事吗,先老实交代自己干了什么吧。"

  "我表白了……"

  "真的吗?"

  白一南的表情十分惊奇,脸上难掩笑意。

"嗯，剩下的你就都知道了啊，嘟嘟现在生我的气，赶紧想办法解决。"

"还解决什么啊，小孩子嘛，哪有那么记仇，过一会儿没准儿就忘了。"

浦昭冷哼一声："嘟嘟是不能和别的小孩子相提并论的，你永远都不知道他的小脑袋里藏的是什么。"

"看我的吧。"白一南起身拍拍浦昭的肩膀。

嘟嘟趴在门上，正在偷听外面浦昭和白一南的对话。听到脚步声，嘟嘟慌张地收好"窃听"工具，坐在游戏机前摆弄着。

"嘟嘟。"

"怎么了？"

"我们两个打游戏吧，就玩你总是通不了关的那个游戏怎么样？"

"我已经累了，不想再玩了。"

白一南十分敏感地注意到嘟嘟的情绪，问他："你是不是已经知道了浦昭和柚一的事情？"

"嗯，知道了，我不想听你解释，我也没有怪浦昭的意思，毕竟我还小。"

白一南揉揉嘟嘟的头，想起刚才浦昭说的嘟嘟不能和别的小孩子相提并论，他的确懂事得让人心疼。

"你有没有想吃的或者想要的东西，我让浦昭买给你，趁这个

机会坑他一次也挺不错的。"

嘟嘟摇摇头:"没有。"

"还在生气吗?"

"嗯。"

白一南莞尔一笑,尽管懂事,但嘟嘟终究还是个小孩子,被抢走喜欢的东西肯定不能轻易被原谅,他能体会到那种失落和绝望。有些安慰不能单纯地用嘴来讲,说得再多也不如抱住他们轻拍受惊的他们更能安慰他们。

"你啊,总会遇到一个适合自己的人,她满眼是你,你也满眼是她。没遇到之前,都不算是真正的缘分。"

在白一南的安慰下,嘟嘟总算肯出门吃饭了。浦昭看着嘟嘟吃得精光的饭碗眼睛都在发亮,心里这块石头终于能放下了。

嘟嘟吃完饭就拉着白一南进了自己的房间,两人的关系忽然变得格外要好。浦昭事后问白一南也是被他含糊其词蒙混过去。

白一南一直待到傍晚才离开,嘟嘟和浦昭又陷入僵局中,嘟嘟一直反锁着自己的房门与浦昭保持着不出现在同一个画面里的规则。浦昭端着刚刚烤出来的嘟嘟爱吃的地瓜,站在嘟嘟房门口敲了敲门:"嘟嘟,我做了烤地瓜,你要吃吗?"

"不吃。"

"真的不吃?"

"你放门口吧,我一会儿去拿。"

"嘟嘟，你把门打开我们谈谈。"

"我什么都不想听，我也没有怪你的意思，所以不要想太多。"

浦昭端着盘子的手微微用力，挤得指尖泛白，他微微蹙眉陷入苦闷的情绪里："我放在这里了，趁热吃吧。"说完便回了自己的房间。

嘟嘟听到门外没有动静，这才偷偷地探出身子："浦昭？"

他确认无人应答后迅速地端起地上的盘子退回房间，正准备关门的时候被浦昭一只手抓住，他惊恐地向后退了几步："你要干吗？"

"刚才我收到了你妈妈的微信消息，他们两个已经登上回国的飞机了，让我们两个做好接机的准备。"

"回国？"嘟嘟口里的地瓜忽然变得没有了味道。

"我就过来通知你一下，准备准备吧。"

嘟嘟忽然抱住浦昭的大腿，抱住腿的同时还不忘咬红薯，含混不清地说："我错了，救救我啊，浦昭！"

"你说什么？"

"你得帮帮我，我不想挨骂。"

"那你求求我啊，求求我，我就帮你。"

嘟嘟咽下嘴里的红薯，忽然站起身子，浦昭吞咽了下口水慌张地看向嘟嘟，只见他重新拿起一块地瓜又跑了过来抱住自己的腿装出一副哭唧唧的委屈样子。浦昭无奈地扯出一个笑容，弯下身子抱起嘟嘟，嘟嘟的小嘴巴还在咀嚼着，脸颊沾着地瓜。

"原谅我了？"

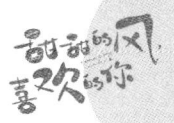

嘟嘟摇摇头看到手里的地瓜又点点头，咬了一口手里捧着的地瓜："到底帮不帮我啊？"

"知道了，不告状可以吧？"

"不能说我在学校发生的事情，不可以说老师叫你去办公室喝茶的事情，也不能说我犯错误的事情，要多夸夸我。"

"臭小子，要求还挺多的！"

嘟嘟摇着头美滋滋地笑："今天一南哥哥教我趁机敲诈你，我都没有听，我这么乖，就不能买一赠一吗？"

"被发现之后挨的揍也得买一赠一。"

"你不说，我不说，天知地知你知我知！"嘟嘟笑着伸出手对浦昭说，"拉钩。"

浦昭被他的模样逗笑了，伸出小拇指钩住他黏糊糊的小手。

"吃饱了，我要去玩游戏了，这些就麻烦你收拾一下了。"说着嘟嘟就把吃到一半的地瓜放进浦昭的手里，拍拍手然后跑去卫生间洗手。

浦昭笑着摇头，从口袋里拿出正在打视频电话的手机对着那头的柚一挑挑眉："你看我就说吧，嘟嘟可不是一般的孩子。"

"他还是个小孩子，顽皮一点很正常，你是不知道诺一小时候做过什么，嘟嘟这些事情相比诺一都是些小事情。"

柚一的话还没有说完林霍就催促她抓紧训练，她冲浦昭吐吐舌头挥了挥手便挂了电话。林霍端着茶水坐在训练场的一角盯着她："就这么一会儿，你还偷懒，知不知道距离比赛还有几天啊！"

"我这不是劳逸结合嘛，适当休息一下有助于更好地投入训练。"

"我看你就是皮痒，这次比赛要是输了，我就天天请你吃'皮带瘦肉粥'！"

柚一苦笑，不情不愿地端起气枪练习射击。每当她停下来就会听到林霍不紧不慢的一句："集中注意力，还往哪儿瞄？"

柚一需要克服的困难不仅有忽然出现的感情，还有她时常发抖的右手，颤抖的右手总是分散她的注意力。林霍也注意到她的右手，去了医院检查的结果也只是模棱两可的几句多休息草草带过。林霍为了柚一跑遍了中医馆、熏蒸、针灸、按摩通通都用上，稍见效果后，林霍的脸上才有了那么点好看的颜色。

"射击的重点是什么？"

"我又不是小孩子了……"

"管他呢，背你的。"

"左眼闭，右眼睁，缺口对准星，准星对目标，三点线又一条……"

林霍满意地点点头，脑海中浮现出柚一小时候开始学射击的模样，每当柚一注意力不集中的时候，他便会让她背诵口诀集中注意力。说和做是可以同时进行的，一旦背诵出句子身体就会根据大脑的指令进行调整，屡试不爽。

柚一这几次射击成绩都不错，已经恢复到之前的水平，但为了保证比赛时万无一失，林霍还是对她进行魔鬼训练，增加她的压力

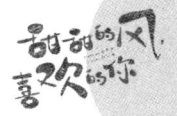

也为了让她形成身体肌肉记忆力,只有这样她才能在赛场上稳定发挥,百发百中。

林霍见柚一练得认真,去炒了几个菜叫来全俱乐部的工作人员一起来柚一的训练场吃饭。而柚一被林霍惩罚举枪半小时,动一下加时十分钟。柚一在饭香中狂咽口水,姿势却不敢乱动,生怕林霍忽然冒出来在她的身上贴上小字条标识出她的错误动作。

"柚一啊,过来吃点吧,老林这次做了你爱吃的红烧鱼。"

"不用……了,你慢慢吃不用管我。"柚一额头上滚下来一颗汗珠,她根本不敢用手去抹掉它。

林霍的脾气她是十分了解的,接受过军队的严格教育又在特种部队待过,脾气倔又爱在鸡蛋里挑骨头。

她惹不起,就尽量不去犯错招惹他。

"手臂动了,加十分钟。"林霍单手拿着饭碗,另一只手拿着一张A4纸让柚一用胳膊夹住,"纸掉下来就加一个小时。"

"老林,你这哪是魔鬼训练,你这是地狱式的折磨!"

"顶嘴,加五分钟!"

"我错了,我错了……"

林霍举起碗故意诱惑柚一:"我刚刚做出来的蛋炒饭,想不想吃?"

柚一吞咽着口水问他:"你真给我吃?"

"给。"

"那我要吃,啊。"

林霍喂了柚一一口饭，笑嘻嘻地问她："好吃吧，老林的蛋炒饭是不是很好吃呀？"

得意忘形的柚一点了下头："嗯，好吃。"

她今天内搭的是衬衣，脖子上有一根黑色的蜡绳，戴着她父亲留下来的银子弹。林霍脸上的表情忽然变得黯淡，情绪变化得很快，柚一根本来不及发现。

他撕下便利贴黏在柚一的头上："好吃也吃不上喽，加五分钟！"

"老林，你这是……"柚一鼓起脸颊，像一只河豚。她不再继续往下说害怕自己话里的字眼激怒林霍增加惩罚的时长。

"这是什么？这都是我对你的爱，我对你严格一分，你取胜就多一分胜算。"

"嗯，你说得对。"柚一小声用口型吐槽她对林霍的不满，时不时还担心地瞥一眼有没有被林霍发现自己的小动作。

"老板，你对柚一太严格了，柚一的实力已经很强了。"终于有人替柚一打抱不平。

林霍微微蹙眉呵斥对方的无知："不能因小失大，所有事情都有不确定因素，万一比赛那天状态不好呢？这不是耽误事儿吗？但凡是能用时间堆积起来的，都是最安全的。"

柚一听到林霍的后半句话，身子一僵，那是她父亲时常挂在嘴边的话。

"柚一啊，一会儿训练完你和老林再解决恩怨吧，我能帮你的都帮你了，剩下的看你的造化了，告辞。"

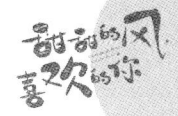

"别啊,叔叔!"

林霍组织的"饭局"最后只剩下他一个人挑拣着盘子里冷掉的菜,训练场的隔音效果不算太好,站在不远处的柚一能清楚地听见他频频叹息的声音。

"柚一啊,你必须得更优秀,不是为了你自己也不是为了我。我这么做除了对你父母的歉意,还有感恩……"

"我都知道。"柚一打断林霍的话,林霍总是会在临近她父母忌日的时候变得伤感,小时候她不懂什么叫作忏悔跟着他一起难过,长大后她才明白林霍一直把父母去世的原因归在自己身上。他总是盼着两个孩子更优秀一点,认为这样才算对得起离世的人。

"老林,我爸妈肯定觉得你把我培养得很优秀,所以——我什么时候能吃上饭啊?"

"时间到了吗?"

"没呢,但是我现在太饿了,太虚弱了,马上就要晕倒了。"

林霍被柚一逗笑:"我去给你炒几个菜。好好练啊,被我发现划水你就等着饿肚子吧!"

她怎么会乖乖听话,林霍前脚刚出训练场,她后脚就撂下了端着的气枪,柔软的青丝在她的颈间扫来扫去弄得她浑身发痒。扬起手整理一下凌乱的秀发,脖子上戴着的黑色蜡绳更加明显,她轻轻握住被她当作吊坠的银色子弹,那是她父亲在中弹后被推进急诊室所穿衣服口袋里放着的定制吊坠。原本是两枚,但另一枚模样被改变,分辨不出它原本的形状。

"爸爸,我一定不会让你跟老林失望的。"

准备去厨房做饭的林霍驻足在厨房拐角的日历前,上面用马克笔勾画了重要日子。他心里很清楚,柚一戴着的项链一直都被她当作护身符,但是今天不知怎的一见到它,就心神不宁。

第二天一大早,神色匆匆的一个男人闯进健身房,健身房里的少女正在跑步机上挥汗如雨,她的教练带着刚刚打听到的消息找来,脸上难掩喜色:"柯桐,我刚才得到了柚一那边的消息,她已经进入准备阶段了,这次你一定能赢她的。现在距离比赛的时间这么紧张,即便她恢复到原来的实力,也是比不过你的。"

楚柯桐瞟了一眼教练没有说话,伸手调小跑步机的速度,由跑转换成快走。她抬手拽过挂在旁边的毛巾:"还是不要小看她,姜柚一是个很有潜力的人,就凭我每次都被她用实力碾压,就能看出来她也是不甘止步的人。"

"你现在的实力已经超出往届选手很多了,哪怕是姜柚一也是比不过的。"

"有信心是好事,但我希望你做好你自己的事情,我心里有衡量的标准不用你来多事。"她说完就走。

身后的教练被她怼得面红耳赤。

她忽然停下来转过身来看着他:"对了,我忘了提醒你。不要得意忘形,你现在毕竟只是一个健身房里的射击教练,相比于专业选手教练水平还差得远,做好你自己的事情,其他的不用你来操心。"

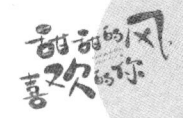

"知道了。"他低下头不敢再多说一句。

她时时刻刻都强调他的专业实力比不上林霍,但他好歹是射击协会中的会员,没有他,还不知道楚柯桐的名字会不会挂在百名以外的位置呢!

他双手插进口袋,抬头望着天空灰蒙蒙的一角。

飞机横穿天空,穿破云层的肚囊,零散几片云朵落进蔚蓝空旷的干净天空中,但很快空缺的位置就被补齐,这样的奇观引起了很多人的注意。

一大早就被拎起来的柚一满脸不乐意,迷迷糊糊地站在俱乐部门口伸懒腰,抬头看到天空的奇特景象僵住了动作。

"老林,天降奇观,必有大事发生。"

"进来吃饭了,还天降奇观,再不训练我让你变成奇观。"

柚一边说边往回走:"我是说真的,天上一半都是云,一半没有云。"

"知道了,吃饭吧你,一会儿还得训练呢。"

一大早就等待在机场的浦昭和嘟嘟,每分每秒都是煎熬的,这对夫妻完美地诠释了什么叫做父母是真爱孩子是意外。无论是工作上的需求,还是单纯地想出去散心,两个人都是说走就走,嘟嘟倒也不哭不闹安安静静地做着自己的事情。要是问起他和父母之间的感情,嘟嘟一定是含糊其词,妈妈很早就告诉过他不要因为一点小事就依赖别人,从小在父母的灌输下以及长期分别,他早早就已经对分别这种事情尤其冷漠。

当然,见面时也是勉强挤出来一副思念的样子。

"嘟嘟呀!"

嘟嘟抬头,还没等他仅凭脑海中支离破碎的记忆拼凑出一张完整的脸就被一个女人一把抱住。

还好女人的香水味没有更换,嘟嘟是认得的。

"有没有想妈妈?"

嘟嘟摇摇头:"我不想。"

"真的没有想吗?"女人的笑容僵在脸上。岁月没在她的脸颊上留下一点痕迹,还是一样的风情万种。

在旁边站着的浦昭见到唐纪脸上失望的表情,不想让幸福的画面变成僵硬破碎的悲伤场景,开始替嘟嘟辩解道:"嘟嘟就是嘴硬,他因为想你夜里还偷偷哭过。"

"嘟嘟,来让爸爸看看。"

嘟嘟一把抱住眼前强壮的男人,他对爸爸的印象是很深刻的,即便不能亲眼看见还可能在报纸上新闻上见到爸爸的照片。

"爸爸,听说你的比赛又赢了。"

"嘟嘟有关注爸爸的比赛啊,爸爸是不是很帅?"

"嗯,很帅,比妈妈的剧要帅气很多。"

嘟嘟环抱住马以周的脖子蹭着他的脸颊。嘟嘟靠在爸爸的肩膀上望着身后的人群,觉得自己变高了很多,就连旁边的浦昭都只刚

刚到爸爸的肩膀。正当他沉浸在罕见的视角里时，嘟嘟妈妈唐纪不悦地在他的屁股上拍了一巴掌："妈妈生你生得那么困难，就记住了爸爸好。"

"妈妈只知道自己出去玩，不带嘟嘟去，所以嘟嘟不喜欢妈妈。"

马以周拍着儿子的背："我们家嘟嘟受委屈了，我们不跟她玩，我们两个玩好不好？"

"嗯。"

嘟嘟点了点头，继续抱着爸爸的脖子，见妈妈的眼睛一直看着他，他朝她吐吐舌头："略。"

"你这孩子……"

"老婆记得拿行李。"

马以周抱着儿子把老婆和浦昭都扔到了后面。唐纪叹了一口气，拍了拍旁边的浦昭："走吧，接下来是我们两个的世界，正好让我八卦一下上次你发给我照片的女孩子。"

"只要不把我们俩当作素材就行。"浦昭拖着的行李箱忽然卡住，他低头轻轻一拽，仰起头看到唐纪脸上的表情便知道这绝对是个阴谋。

"你想想看啊，一个射击少女碰到一个喜欢射击的少年，原本毫无关系的两个人忽然有了关联，这是多么好的题材啊，你就给我点素材，我好下笔啊。"

"我不要。"

"你要，你需要救助一下我，我是要交稿的啊！"

"那我……"

唐纪心满意足地颔首,拍拍浦昭的背:"我就知道你会同意的,一会儿到家我们两个好好聊一聊。"

唐纪的话吸引了走在前面的马以周,他转身看着自己的老婆问:"和谁好好聊?"

"当然是跟浦昭啊,你又吃什么醋?"

"我老婆和别的男人聊天,我吃醋都不行吗?"

唐纪撇嘴:"你怀里抱着的娃是这孩子的舅舅,这种关系你也介意?"

"如果我在旁边一起听的话,就考虑一下不介意。"

浦昭低头捏了捏眉心,没女朋友的时候就一直在吃他们夫妻的狗粮,有了女朋友还是要继续受刺激。他抬头看着嘟嘟,嘟嘟正好也在看他,对着他耸了耸肩,用口型告诉他,习惯就好。

到家后,唐纪果然带着笔记本电脑坐在沙发上等着他这个活素材,见到从卫生间出来的浦昭,她拍拍旁边的位置:"快来,我要开始工作了。"

"浦昭啊,辛苦你了。"马以国道。

"我现在越来越理解你了。"

两个大男人在唐纪面前表演着感情深厚,写过半辈子剧本的唐纪用十二指肠思考也能知道两个人葫芦里卖的是什么迷魂药,索性抱起胳膊看戏,两人见唐纪没反应偷偷看向她。

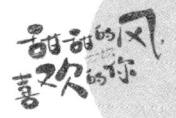

"继续演啊,我看你们俩演得比专业演员还精彩呢。"

"对不起,老婆。"

马以国低头认错的速度太快,快到浦昭都没反应过来。接下来的事情对于浦昭来说实在是太不友好了。唐纪的腿放在马以国的腿上,马以国正在卖力地给她按摩,时不时还要问一句力道是轻了还是重了。

唐纪码字的速度很快,和浦昭的声音同时结束,她脸上的笑容也越放越大。唐纪工作起来是非常可怕的,屋子里的几个人,谁都不敢大声说话,生怕惹恼唐纪。唐纪工作的时候会忘记喝水吃饭这样的事情,就连上厕所都会憋上好一阵子,虽然担心唐纪的脾气但马以国还是会不停地去骚扰她。

"老婆,你饿不饿?"

"有点。"

"想吃什么?"

"随便。"

……

"老婆,你渴不渴?"

"不渴。"

……

嘟嘟和浦昭在房间里戴着耳机看电影,总是会隐隐听见马以周询问唐纪的声音,一开始唐纪还会好脾气地回答几句到最后连一个字也不愿意和他多说。

"嘟嘟,你爸妈一直都这样吗?"

"嗯。"嘟嘟看电影的视线是直的,"我爸爸比妈妈小六岁,但就是很喜欢很喜欢我妈妈。"

"还真是个浪漫的爱情故事啊。"

"你和柚一姐姐不也是很浪漫的故事吗?"

浦昭听到嘟嘟的话吓出一身冷汗,说话也变得磕磕巴巴:"你……你怎么……知道的?"

"刚才我忘记关门听见的,我原以为你们两个只是有苗头,原来已经确定关系了啊。"

"嘟嘟啊,你听我解释,我不是……"

嘟嘟头都没回地看着电影,手里抓起一把爆米花:"不需要解释,我今天忽然就想明白了,我为什么要生气,我才不要生气,你们还没有结婚,我就还有机会不是吗?"

嘟嘟的话刚说完,就听见唐纪激动叫喊的声音:"儿子,你说得对,老妈挺你!"

"我爸经常说的一句话叫作落棋无悔,即便我非常非常喜欢柚一姐姐,她还是不喜欢,那我就尽量让自己不后悔。"

浦昭捏捏嘟嘟的脸颊,这个臭小鬼今天变得格外豁达倒是让他变成一个处处不给人留活路,阴险狡诈的人。

"浦昭啊,我给你订了明天回家的车票,很长时间都没有回家了吧。"

"没,没有很长时间啊。"

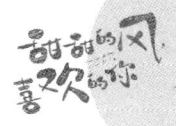

"我可是接到了你妈的电话,说我要是再不把她儿子还给她,她就要找过来了。我觉得那也不是什么坏事,我也挺长时间没见她了。"

"回家啊……"

浦昭垂眸深思,他才刚刚和柚一在一起就要变成异地恋吗,要不要问问她呢?不行,她最近在准备比赛正需要全身心都放在上面不可以这样分散她的注意力,本来她就很恐惧这段感情会变成她的软肋,他更不能这样冒险地去做这种危险的事情。

周末一大早浦昭就坐上了回家的车,两座城市离得不算远,大概一个小时的车程。浦昭的高考志愿是父母选的,他们的期望就是让浦昭去一个大一点的城市,他还算争气,没有让他们失望。

刚下车,浦昭就看到爸爸。

回到家,浦昭妈妈站在门口仔仔细细地观察着浦昭,是瘦了还是胖了,是变白了还是晒黑了,要不是浦昭爸爸拦着,差点连浦昭脸上的毛孔都数出来。

吃过晚饭,全家人坐在一起看电视,随意地聊着天。

"嘟嘟那孩子还淘气吗?"

"男孩子嘛,都是很淘气的,说他还是会听的。"

"你外婆呢?"

"还是那副暴脾气,也不知道她老公这些年是怎么忍过来的。"

浦昭拿起茶几上的苹果咬了一大口,浦昭妈妈看见后从储物室里端出各式各样的水果摆在浦昭面前:"妈都忘了,买了不少水果等着你回家吃呢。"

"妈,咱家是要开水果店吗?"

"开什么水果店,你一个人吃几天就吃完了。"

浦昭吸了吸鼻子瞟了一眼茶几上堆成小山的水果,妈妈绝对是对他的胃有什么误解。

"儿子,我听你外婆说你谈恋爱了,谁家的姑娘啊?"

浦昭爸爸坐在沙发上推了推眼镜:"孩子的事情不要问那么多,都多大了,他自己有想法。"

"我不就问问吗。"

"问吧,问吧,儿子回来了就看不见我了。"

浦昭被爸爸的话逗笑,忽然发现原来不仅仅是唐纪和马以国喜欢腻在一起,家里的这两位也同样喜欢。

"爸,你要这么说我明天就回去了,不然你又要埋怨我抢走妈了。"

浦昭爸爸听到浦昭的话立马为自己辩解:"我可没有说啊,你妈刚才问你是不是谈恋爱了,你倒是回答一下啊。"

"嗯,我是谈恋爱了。"

他的声音越来越小。

"真的啊,谁家姑娘,长得漂亮吗,温柔吗?"

"妈,你这几天有没有看新闻?"

浦昭妈妈陷入沉思,琢磨着儿子这女朋友还经常上新闻,主持

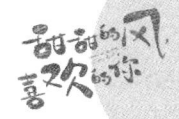

人?记者?

"体育新闻最近总是报道的射击运动员姜柚一,就是我的女朋友。"

"运动员吗?好啊,运动员好,身体素质好。"

浦昭害羞地低头笑着,爸妈说的话也像被开了静音键,只沉浸在自己的粉红色泡泡里,想念着正在训练场努力练习的柚一。

"这几天手还发抖吗?"

林霍正给柚一按摩,柚一的胳膊下熏着中药,乍一看像在炙烤什么好吃的东西。

"好一点了,就是这阵子的睡眠有点不太好,总是睡不踏实有些头疼。"

"等一会儿回家睡觉之前我给你热杯牛奶喝。"

"老林,你觉得我这次成功的概率有多高?"

林霍的动作停下来看着她:"紧张了?"

柚一点点头:"嗯,有一点。"

"别紧张,平常心就好,选拔赛的目的是把优秀的射击运动员挑选出来,没选上也不代表不优秀,在我看来敢站在射击场上的孩子都是非常优秀的。"

"你要这么说,那我岂不是非常非常非常优秀啊。"

"少臭美了,你这多亏了基因好,还有我这个教练。"

"嗯嗯嗯,都是你们的功劳。"

林霍趁柚一不注意用力向外一扯她的筋骨，耳朵清晰地听见咔嚓一声，满意地点点头："这筋终于给你抻开了，手腕我也给你治好了。要是输了这次比赛就有点太难看了。"

"谁说我会输的，我肯定会赢，放心吧。"

两人回到家，疲惫的柚一往床上一躺什么都不想去做，只要她一停下来，脑子里慢慢地都是浦昭的模样。

她在床上翻了个身，抱着床上的抱枕，拿出手机给浦昭发了一条消息过去，还没等到回复就睡了过去。

第二天醒过来的时候看到浦昭的消息她心头一暖，浦昭的话只有寥寥几个字，却成为她一整天的动力。

她翻身起床去洗漱，为今天的训练做准备，阳光穿透窗帘照在她的手机屏幕上：

"我们的柚一辛苦了，接下来也要更加努力。"

手机铃声响起来的时候，浦昭还在甜甜的梦乡里，在梦里他看到了柚一，他接通电话模模糊糊地听到嘟嘟的哭声："浦昭，我不想去，你回来帮我说一下。"

没头没脑听到这么一句话浦昭有些发慌，调成外放模式边询问嘟嘟发生了什么，边开始换衣服，衣服换得差不多事情也打听明白了。唐纪和马以周夫妇商量要送嘟嘟去国外读书，这样可以增进和孩子之间的关系还能督促他认真学习，但是嘟嘟不想去，他习惯了

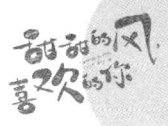

和浦昭一起生活，而且这里还有他放不下的朋友。

"嘟嘟啊，我马上回去，你等我啊。"

"好，我等你回来。"

浦昭匆匆忙忙收拾好东西跑去坐车，坐车的时候打电话给父母解释一大早发生的突发状况，父母表示理解让他去调解这场闹剧。

挂了电话开始补觉的浦昭感觉好像一下子就到了目的地，坐地铁到家开门之后这才发现唐纪和马以国都围在嘟嘟的房门前。

"你们这是干什么呢？"

唐纪抓着浦昭的手带着哭腔说："浦昭，你回来了啊，快劝劝嘟嘟，这孩子居然绝食！"

"外婆，你先别着急，我试试看。"浦昭安慰好唐纪掉过头去敲门，"嘟嘟，我是浦昭，开一下门。"

"真的是浦昭吗？"

"是我。"

浦昭的话说完过了一小会儿，门开了，探出一个毛茸茸的小脑袋，见到浦昭，嘟嘟"哇"的一声又哭了起来。浦昭抱起嘟嘟，拍着他的后背安慰他："委屈了，委屈了，对不起呀。"

"他们要把我带走，我就见不到你了，也见不到柚一姐姐还有小易、东东……"

"害怕见不到我们啊，你看你现在不是还能见到我吗？我一会儿带你去见柚一姐姐怎么样？"

"真的吗？"

"不哭了？"

"一会儿去见柚一姐姐不能肿着眼睛啊。"嘟嘟用手抹抹眼睛。

浦昭抱着他往卫生间里走，轻轻拿开他的小手，用水洗了洗他挂着泪痕的小脸，问他："饿不饿？"

"饿。"

"想吃点什么？"

"包子和小米粥！"

"那我们出去吃怎么样？"

嘟嘟点头："举双手双脚赞成。"

两个人还没从卫生间里出来，唐纪和马以周站在门口手足无措，轻轻唤嘟嘟的名字。听到妈妈的声音，嘟嘟立马躲到浦昭的身后。

"外婆，嘟嘟去国外上学的事情我们可不可以暂时缓一缓，我想带他出去散散心，冷静一下回来再继续讨论这个问题。"

"好，你跟嘟嘟聊得来，帮我劝着点。"

浦昭点了点头："知道了。"

浦昭带着嘟嘟吃过了饭，看了电影，让嘟嘟开心起来这才带着他去找柚一。俱乐部外面挤满蹲点的记者，他们围在一起啃着苞米、馒头，寒冷的冬夜冻得他们瑟瑟发抖也不肯离开。

"哥哥，你吃糖吗？"

嘟嘟伸出手，手里握着几颗糖果，那人摇摇头继续啃着他的馒头。嘟嘟见那人不理他，他摇晃着浦昭的胳膊问："浦昭，他们为什么要蹲在这里吃饭啊？"

"他们是记者,是在这里等新闻的。"

"这里是俱乐部呀,怎么会有新闻?"

"这个要你再长大一点才能明白,所以先好好地长大吧。"

浦昭伸手摸了摸嘟嘟的小耳朵,小孩子的心思单纯他不会明白俱乐部外为什么会聚集这么多的记者蹲独家新闻报道,他不知道他喜欢的柚一姐姐本来就是行走的新闻头条。浦昭并不想让嘟嘟知道这其中牵扯的复杂关系,一来是麻烦,二来是以嘟嘟的个性肯定是刨根究底下去。即便他不回答也肯定会在网络上搜寻答案,网络上的答案亦真亦假很容易就摧残掉他薄弱的观念。为了避免日后的麻烦,他宁愿这样搪塞过去。

"您好,请问一下现在可以找一下柚一吗?"

"抱歉,柚一现在正在训练场训练,不方便。您可以先到休息室边休息边等,一会儿她休息我去叫您。"

"嘟嘟,看来你的柚一姐姐很忙啊。"

嘟嘟对着前台小姐眨了眨眼睛,无意当中利用了他小孩子的优势:"姐姐一定要告诉柚一姐姐哦,就告诉她是嘟嘟来了。"

前台小姐被嘟嘟用可爱光波迷惑,笑得花枝乱颤,连连点头答应,不一会儿柚一就找了过来。果然,小孩子的优势就是可爱,浦昭望着抱住柚一的嘟嘟,不知道这小子以后会用那张人畜无害的脸勾搭多少姑娘。

"柚一姐姐,听浦昭说你现在正训练,嘟嘟没有打扰你吧?"

"当然没有啊,还好你来了,不然我连休息的借口都没有。"

嘟嘟摸摸柚一消瘦的脸颊："柚一姐姐平时要多吃点东西,都瘦了。"

"嘟嘟你都看出来了吧,你不知道老林平时对我有多严格,简直就是地狱啊,地狱。他居然对我说练不好就不给我吃饭,还苛扣我的睡眠时间,你看看我的黑眼圈。"

嘟嘟皱着眉头拍着柚一的后背："吃得苦中苦,方为人上人。柚一姐姐你更加努力一点,嘟嘟也会替你加油的。"

"我现在真的好羡慕你啊,嘟嘟,我都好久没有玩游戏了。"柚一撇嘴对着嘟嘟抱怨。

"我们两个做个约定,如果柚一姐姐赢了比赛,嘟嘟就陪你打游戏怎么样?"

"真的吗?"

"当然是真的,嘟嘟从来都是说到做到。"

"那我们拉钩。"

"好,一言为定!"

浦昭看着两人的互动,想起自己和嘟嘟之间的约定。他从来都没有发现过嘟嘟还有冷静和理性的一面。柚一扮演小孩子撒娇抱怨的角色,嘟嘟自然而然地扮演起一个大人的角色,安慰着她,鼓励着她。

他笑,人与人之间奇妙的关系。

"柚一,抓紧时间回去训练。"林霍忽然出现在休息室门口厉声喝道。

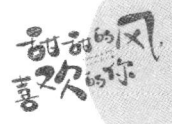

柚一面露难色。林霍只允许她出来十分钟,她只顾着和嘟嘟抱怨都忘记了自己真正的男朋友,朝着浦昭投过去目光正好迎上他的视线。

浦昭伸手捏了捏她的脸颊,尽管不舍,嘴上却还是说着:"快去吧。"

"那我回去了?"

"嗯,去吧。"

两个人难舍难分,柚一不愿意离开,浦昭也不愿意她走,林霍就站在门口,迫于压力还是要分开。

"柚一姐姐,你来一下。"

"啊,什么事?"她弯下腰问嘟嘟。

嘟嘟飞快地在她的脸上啄了一口,然后斜睨着浦昭由红到白变化的脸难掩笑意。

柚一委屈巴巴看着浦昭做了一个加油的动作,便飞快地跑出休息室。浦昭狠狠咬着下唇,他不能生气,不能生气,嘟嘟只是故意气他的,看嘟嘟脸上得逞的表情就知道了,他绝对不能上当。

"马泽童,你让我很生气,那是我的!"

"怎么这么小气,不就亲一下吗?"

"我要是亲你喜欢的东西你会不生气吗?"

嘟嘟双手叉腰:"那你还抢了我喜欢的女生呢,我都这么大度地让给你了,不就亲一下,就忍不了了?"

"你这是歪理,这不一样。"

"怎么不一样？"

比赛仅剩下一个星期，所有参赛选手都在紧锣密鼓地准备参赛的事情。柚一的状态还没有完全恢复，刚稳定下来的心情本就焦灼，屋漏偏逢连夜雨，媒体忽然曝出林霍曾经陷害战友的新闻。受到波及的俱乐部甚至是私人住处都被记者围得里三层外三层，没有教练训练的柚一就像失去桨的扁舟，情绪上大打折扣，全家气氛都很阴郁。

"我受不了了，明明是件好事怎么就被传得这么邪乎，老爹你就不能去解释解释吗？"在家里暴跳如雷的诺一根本不管三七二十一就要上去跟媒体讨说法。

柚一把手里的杯子用力蹾在桌子上，吼道："你给我安静一点，要是那么容易解释清楚，我们还用这么头疼吗？"

"那我们就一直这么活着，天天面对着闪光灯镜头？"

沉默的林霍忽然开口："你们两个相信我吗？"

诺一疑惑地看向林霍："我们不信你还能信谁？"

林霍瞟了一眼沉默的柚一，苦笑一下："我知道你们肯定会受到外面那些话的影响，但是我今天就把话撂下，我林霍和你们的父亲姜承是拜过把子的兄弟，同生共死出入战场，根本就不可能因为怕死而放弃兄弟！"

林霍说完就气冲冲回了房间。

从没见过林霍发这么大火的姐弟两个呆愣许久才缓过神来，诺

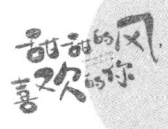

一红着眼睛望向柚一："姐,你是在怀疑老爹吗?"

"我……我不知道。"

"我不管你怎么想的,但你这次真的让我很失望。你明明比谁都清楚老爹的为人,却因为外面的谣言而背叛他。"

"我没说过我怀疑他,但所有人都在说,我也要仔细掂量啊。"

"你这就是怀疑。老爹对我们两个怎么样,你比谁都清楚,居然会因为一个谣言就动摇,堂堂姜柚一真是太可笑了。"

"诺一……"

诺一眉眼间的不悦加重:"我不能接受,我不能接受原本应该百分百信任的家人都开始怀疑他是不是真的做错了事情,明明我们每个人都清楚事情的真相。"

听了弟弟的话,柚一突然回忆起她身上的谣言,老林和诺一没有听到过吗,绝对不是的,一定也是无条件相信她,在她身后默默鼓励她。那她现在所做的事情岂不是太让老林失望了,难怪老林会生这么大的气。

柚一皱着眉头,长叹一口气:"我需要时间理清楚这些事情,你能不能不要无理取闹了?"

"我在无理取闹?"诺一冷笑一声,"好,我今天就无理取闹给你看,我倒是想知道你姜柚一到底能事不关己多久。"

诺一气冲冲地跑到玄关打开了大门,外面的记者拥挤着想要采访他,他倒也不客气直接砸烂离他最近的记者的相机:"我再重复一遍,如果你们再站在这里诬陷诋毁我的家人,我让你们比这个相机下场还惨,还不快滚!"他用尽力气嘶吼。

见记者们收敛了一些,他转头看向柚一:"你满意了吗?"

柚一的眼泪不停地从眼眶中滑落出来:"姜诺一,你个大傻子!"

诺一带着哭腔鄙夷地看着她:"我才不傻。"

"傻子。"柚一仰头擦了擦眼泪,嘟囔一句。

"去给刚才那个记者赔礼道歉,把人家的相机赔给人家。"柚一拿出一张银行卡递给诺一。

诺一不动,看着她:"我做的事情我自己承担后果,你干的错事也自己去解决。"

"臭小子,不用你教我!"

柚一不得不承认诺一忽然间发火是在提醒她也是在警醒她。

陷入比赛压力中的柚一对于别的事情都不怎么上心,对于父母的离世她从没怀疑过是谁的过失,只是听得多了她也开始动摇。

她对于诺一坚定的意志很好奇,到底是一种什么样的信任能让他做到这样。

周六的早晨所有的媒体都在对准一个焦点——射击选拔比赛现场。

姜柚一,这三个字还是一如既往地夺人眼球。楚柯桐一直等待着柚一的出现,她一直抱着执念为的就是一个长久的对手目标,如果这个对手消失,那么她也没有坚持的意义。她准备了这么长时间,可千万别让自己失望。

"观众朋友大家好,这里是赛事转播,我们从刚才就一直在这里等待和每位选手见面,到现在为止我们还没有见到'天才少女'姜柚一。"

休息室的转播台播放着体育新闻,楚柯桐捏着水杯死死盯着屏幕,不肯错过任何一个细节。一个身影出现,她嘴角一勾来了兴致,心里的石头也落了地。

"你好,方便做下采访吗?"

柚一看着镜头点点头:"大家好,我是姜柚一。"

"我刚才得到的消息是这次比赛你是以新人选手的身份参加,方便透露一下原因吗?"

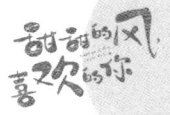

柚一笑了笑,自然地抱住旁边林霍的胳膊:"姜柚一就只是姜柚一,没有什么'天才少女'的帽子。当然这次比赛我也可能会失败,但这只是我作为姜柚一的权利。我不是什么天才,只是遇到了优秀的教练和支持我的朋友、家人,还有一直喜欢我、为我鼓气的人。"

镜头对准柚一和林霍挽在一起的手臂,主持人问道:"前阵子曝出的林霍陷害前任队友也就是你父亲的事情方便在这里说吗?"

柚一和林霍相视一笑,回答:"我不知道对方出于什么样的目的,也不知道污蔑我干爹是为了什么,但没有什么人是比当事人的我们更知道内情的,这件事情我和我弟弟都特别生气,因为林霍既是我们两个的干爹,还是我父亲的好兄弟以及我的教练。不想再解释什么,谣言止于智者。"

"好,感谢新人选手姜柚一的配合,接下来好好准备比赛,期待你的表现。"

"谢谢。"

赛前采访结束后,父女两个都缓缓地呼出一口长气。柚一听见林霍的呼吸声抬眸看他:"被我抓到了吧,你也在紧张。"

"我?我才不紧张。对我闺女的实力我心知肚明,好好发挥就行了。"

柚一沉浸在林霍说的"我闺女"三个字的窃喜中,没有什么是比林霍承认她的实力更让她开心的事情了。

比赛开始前,柚一一直把自己反锁在休息室。林霍去观众台找诺一,浦昭第一次以男朋友的身份见到林霍,心里不免有些紧张。

诺一和林霍对于这种场面已经习以为常，诺一特地从家里带来一包爆米花准备在比赛无聊的时候食用，想得挺美却在进场前被扣在场外，原因是文明观赛。

"诺一哥哥，你不紧张吗？"坐在诺一旁边的嘟嘟第一次现场看比赛，他比参赛的选手还要紧张，"柚一姐姐会不会也很紧张？"

"放心吧，我姐的心脏是很结实的，一般不会心跳忽然加速。"

浦昭手放在胸口上，他能够体会到嘟嘟的感受，因为他现在也很紧张，手心一直在冒汗。作为极限运动爱好者的他最喜欢刺激的场景，不知道会发生什么样的结果自己又会本能地做出什么样的反应，这些事情足够让他期待。

比赛开始选手进入赛场，柚一依旧人气很高，一走出来场上欢呼声一片，她目光环视一圈定格在林霍几个的位置得意地挑了挑眉毛。

"十米气步枪，女子组需七十五分钟内射出四十发子弹，空枪击发不装子弹和不充气的击发，开始计分后射击动作结束起，靶纸没有弹着，不管是否装填子弹均计为脱靶。选拔资格赛成绩最好的八位选手进入最后的决赛……"

广播里的女声冰冷，读着选手们熟悉到不能再熟悉的规则。柚一根本无暇顾及广播里的声音，专心致志地寻找射击位置，听到裁判的指示信号开始装弹，一发过后待裁判确认成绩。十米外的柚一面对一张比一元硬币大一点的靶纸毫无胆怯之色，她是听不到裁判交流的声音的，但看到裁判欢快的步子猜测着成绩应该不错。

"老爹,怎么这次没有解说啊,之前不都会配有解说的吗?"

"人家统计环数也是需要时间的啊,着什么急。"

"我不是着急,我这不是担心柚一嘛。"

林霍的耳朵听见刺刺啦啦的声音,忙说:"听着!"

解说A:"实在是不好意思,因为后台设备的原因比赛结果没有及时公布,在这里和各位观众道歉。"

解说B:"好,我们现在为大家公布刚才的成绩,姜柚一目前排第一名10环满环,楚柯桐位居第二……"

听到解说的几个人都松了一口气,林霍更是满意地笑望着场上的柚一:"臭丫头,干得漂亮。"

"老林,这次比赛没有精确到10环点数吗?"

"刚才没听广播吗,这是资格赛,决赛的时候才开始采用10环内点数。"

"真麻烦,直接把姜柚一选中不就好了。"

林霍瞅了旁边的诺一一眼:"把嘴闭上,露怯!"

"哦。"

解说A:"这次的比赛姜柚一是以新人身份参加的,我记得她上次说完退赛的事情很多人都表示不理解,原来她只是丢弃了曾经的头衔重新站在赛场上。"

解说B:"我是真的挺喜欢这个姑娘的,有魄力也有实力,敢于撕下自己身上的标签。这次比赛我关注的还有另外一个选手——楚柯桐,她一直都把柚一当作对手,听说这次她也是做足准备目的就是为了打败柚一。"

解说A："今天这场比赛还真是精彩，有我们熟悉的人也有我们不太熟悉的人，是场高手过招的精彩比赛。"

两位解说员调侃着比赛选手，同时也在关注着场上看不到硝烟的战争，每送来一份成绩单心里就会莫名咯噔惊悚一下。

解说A："看来这次比赛大家都做足了准备，成绩不分上下。"

解说B："我们还是从排名第一的姜柚一说起，10环，楚柯桐10环……"

解说A："排名第一和排名第二这是用实力对决啊。"

七十五分钟的比赛被柚一和楚柯桐生生逼成四十分钟，两个人被0.3环的成绩差距拉开，柚一取得第一的名次，楚柯桐排名第二。解说员说得精彩，林霍早就按捺不住飞奔着去找柚一。柚一一见到他，整个人都扑了过来，像一只树懒一样挂在林霍身上。

"老林，我这次打破自己的纪录了，明天的决赛一定非常刺激。"

"干得漂亮，干得漂亮！"

诺一看到柚一的动作，不禁皱眉："能不能注意点形象，场上还有不少爱慕你的男士呢。"

柚一从林霍身上跳下来，转头问诺一："哪儿呢，哪儿呢？"

诺一坏笑着移动位置，露出挡在身后的浦昭和嘟嘟。

浦昭抓了抓脑后的头发："可能是我。"

"柚一姐姐，你真的太厉害了。"

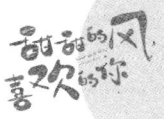

"还好,还好。"

柚一忽然被记者叫住,通知她先去休息室等一会儿,会有一个采访等她。

柚一颔首,凑到诺一耳旁嘱咐道:"我饿了,给我拿点吃的。"

"刚得了冠军就想着吃,你是猪吗?"

柚一摸摸瘪下去的肚子:"比赛是很耗费体力的好嘛,少废话,快去!"

"知道了。"

柚一刚走进休息室就见到了楚柯桐。楚柯桐露出一个笑容:"没让我失望,你很厉害。"

"当然,这还用你说吗?"

"这次比赛虽然输给了你,但是我很过瘾,很久没有这种刺激的感觉了,下次比赛我们再继续,希望你不要隐藏实力输给我。"

柚一的话还没说出口,休息室的门忽然被推开。

"姐,这里不允许带食物进来。"

浦昭笑着听完诺一的话转眼去看柚一。见到熟悉的人,他笑容一僵,解说员解说的时候他就在害怕是不是认识的人,现在活生生的人就在眼前他不想承认也没办法。

"世界是真小啊,你是来找我的,还是来找她的?"楚柯桐凝视着浦昭问道。

柚一见两人脸上不自然的表情不禁发问:"你们认识?"

"你没听浦昭说过吗,我是他的前女友。"

柚一瞪圆眼睛望向浦昭:"前女友?"

浦昭没有回答,楚柯桐露出一脸苦笑:"我们已经很久没联系过了。放心吧,我不会插足你们的感情。不过,这次是你输给我喽,没有什么采访就是借口叫你过来,话说完了,我走了。"

楚柯桐走到门口停住,抬眼看了看浦昭,又苦笑一下离开了。浦昭的大脑一片空白,本想避开前任这个话题的,没想到还是劈头盖脸地砸了过来。

"柚一,楚柯桐就只是……"

"不用解释,我相信你。"

诺一不可思议地看向柚一:"姐,你确定不问?趁浦昭在问他啊,两人什么时候在一起的,为什么分手,谁提的分手,在一起感情好不好……"

"两年前在一起的,稀里糊涂谈的一场恋爱,我对楚柯桐没有感情,是她先表白也是她提的分手,原因是我不喜欢她。"没等柚一回话,浦昭就自动回复了诺一的提问。

诺一抱着肩膀调侃:"哇,哥,你真的百分之百坦诚啊,看来是真的很喜欢我姐嘛!"

"我都说了吧,我相信他,多事!"

柚一走到诺一面前做了个鬼脸,手挽上浦昭的胳膊:"我要回去继续加强训练了,我居然和楚柯桐打了个平手,虽说我比她多出0.3环,但是我心里还是不舒服!"

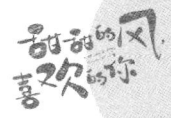

"我看你这是因为浦昭哥和她谈过恋爱才这么不舒服,吃醋就承认吧,忍着不好。"

"滚!"柚一转过头吼了一句,拉着浦昭就走。

"姐,你不能因为有了男朋友就不要弟弟啊,我可是亲弟弟!"

一行人被林霍邀请到了射击俱乐部,老林准备给柚一办一场庆祝会,柚一却不想因为 0.3 环而庆祝什么。

柚一对自己的态度十分严苛,有些时候林霍都觉得她做得有些过火,但她不以为然一直要求自己要做得更好。

而这次她虽然赢了楚柯桐但两人排名却是并列的,这件事情她倒是可以忍一忍,但在得知楚柯桐和浦昭曾经在一起过,气就不打一处来,把自己关进训练场给自己增加训练强度,若不能用更大的差距拉开距离她根本就不甘心。

最后这顿饭就变成了嘟嘟、浦昭、诺一和林霍没什么意义的聚餐,林霍吃饭的时候一直在观察浦昭和嘟嘟,他对柚一的智商和情商总是感到忧心,这个准女婿倒是十分满意。

他在心里感慨,下一代终于有救了。

饭吃到一半,柚一突然从训练场里冲出来烦躁地拽着自己的头发跑到林霍面前:"老林,帮我剪头发,头发总是戳我肩膀,痒死了,注意力一点儿都集中不了。"

"你确定要我帮你把头发剪了?"林霍再三询问就怕到时候柚一会翻脸不认人。

"嗯，快点帮我剪一下。"

"剪多短？"

"剪得越利索越好。"

柚一的头发乌黑浓密还很柔软，就这样剪掉林霍觉得有些不舍，柚一表情笃定一点也不觉得可惜反而觉得头发是她的累赘。几剪子下去，她只觉得脑袋轻飘飘的，林霍剪完头发收拾地上的头发茬儿，她一跑一跳地去照镜子臭美。

"老林，如果你不做教练的话一定是个优秀理发师。"

"少来了，半夜不要偷偷哭啊。"

柚一跑到林霍身边摇晃着脑袋："我这个发型不好看吗？"

"好看，在我眼里你怎么都好看。"

"那不就行了，我也觉得好看。"

柚一剪去了长发也有了心情吃饭，诺一见到刚剪完头发的柚一捋了捋她头发的长度，调侃道："姐，现在你的头发跟我一样长了，这要是再剪点儿我的头发都比你的长了，你不能因为生气就祸害自己的头发啊。"

"我再说一遍，我没有生气，把嘴闭上！"

嘟嘟望着柚一利索的短发，小嘴抹了蜜："我觉得柚一姐姐的头发很帅气啊，很好看。"

"谢谢。"

柚一跟嘟嘟道谢转头看向浦昭："不好看吗？"

浦昭含情脉脉的双眸弯起："好看。"

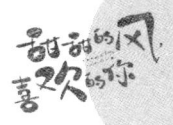

"哥,你不能睁眼说瞎话,虽然我知道你说真话可能会被换掉,但是我还是鼓励你说真话。"诺一搭着浦昭的肩膀。

林霍端来一碗紫米饭递给柚一冲着诺一说道:"诺一,你别嘚瑟,一会儿柚一要是揍你,我可不拦着啊。"

一顿饭就这样在吵吵闹闹中结束。

吃过饭柚一便进了训练场,林霍时不时会进去看一眼她的训练效果,柚一为了集中自己的注意力用手机连接上好几个蓝牙音箱把它们分散到不同的角落里同时播放着音乐。

林霍进门的时候被门口放着的狗狗音箱吓了一跳,差点喊出来。他走进吵闹的训练场摆弄着她的音箱,她都不予理会盯着靶纸调试着角度。

接下来的决赛采用的是 10 环又 10 环的靶纸,这对于柚一来说不是个好事,擦边过都会被精确地算出环数,这对于她而言是非常大的挑战。

为了不被外界打扰,她将自己的双耳屏蔽,只集中精神注意十米外的靶纸,扣动扳机发射出一颗铅弹。

"10.8 环,成绩不错稳住啊。"林霍走到靶纸前报成绩,满意地拍手。

柚一皱眉:"我要的不是 10.8 环而是百分之百的 10.9 环,我在平衡度控制上本来就弱,不这么做的话上场一紧张我就全慌了。"

"放轻松,你做得到的。"

"当然!"

林霍望着柚一认真的模样,回忆起她小时候的情景,眨眼的工夫就长到这么大了。脾气没怎么有长进,还是要强又追求极致的孩子。

很多时候人无论长到多高,年纪变得多大,脾气总是会在某一瞬间变得和小时候一样,也许这就是天生长在骨子里的气质。阅历变多,懂的道理变多,便将棱角藏了起来,外面的人看不见,自己却摸得着看得见。

学校的下课铃还没有响起,就听见办公室里传出来窸窸窣窣议论的声音,唐纪坐在教师办公室里,周围坐着的都是嘟嘟的授课老师。老师们对嘟嘟的态度褒贬不一,两极分化严重,很显然理科类的老师很喜欢嘟嘟,而文科类的老师却很头疼嘟嘟。

对自己儿子的学习有了了解方便她为嘟嘟挑选合适的学校,她目前的工作基本上都在国外,她又不想每天与儿子隔着一部手机见面,年纪一大就喜欢和家人待在一起,就连自己的老公都被她连哄带骗地带到国外定居,何况是她的儿子呢。

浦昭那边迟迟都没有开始对嘟嘟做心理工作,她等得焦急先去了解嘟嘟在学校的学习状况,挑选完学校后直接把嘟嘟接到国外。小孩子的适应力强用不了几个星期就能适应新的环境,不过在那之前她需要给嘟嘟报一个英语口语班,方便他更好地适应环境。回到家里她便开始搜寻附近的英语口语班,趁着嘟嘟不在她必须选个高质量授课的辅导班,等嘟嘟回来一切都没办法继续进行。

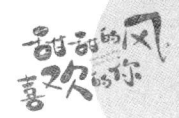

果不其然，还没等她收拾好自己从外面拿回来的宣传单，嘟嘟和浦昭就进了家门。嘟嘟看到散落一地的英语口语辅导班立马小跑着回到自己的房间，把自己反锁起来。

"嘟嘟啊，你听妈妈给你解释，妈妈只是想给你提供更好的生活环境。"

"更好的生活环境就是把我带离熟悉的环境融入你生活的圈子是吗？"

"不是的，你听我解释儿子。"

"你不用说了，我不想听。"

起初唐纪还有足够的耐心去哄嘟嘟，奈何嘟嘟可不是个好骗的孩子耗尽了她最后的耐心，直接硬碰硬起来。母子两人就这样僵持着过了两天，唐纪不许嘟嘟去上学让嘟嘟待在家里，她和嘟嘟爸爸一起去给他找辅导班。趁着这个空当，嘟嘟偷跑到浦昭的房间拿起攀岩时用的动力绳模仿着百度上的攀岩方式爬下了楼。

唐纪回到家发现儿子不见了，差点没哭晕过去。嘟嘟爸爸打电话询问浦昭嘟嘟喜欢去的地方，立马打车去找孩子。浦昭接到电话后拉着白一南旷课出去找孩子，一整天找下来浦昭和白一南粒米未进。

"浦昭，我能不能去吃点东西啊？"

"我也饿，但是嘟嘟还没找到呢，我也吃不下去，你去找家餐馆先吃一点东西吧，我去那边找找。"

买完东西准备回俱乐部的诺一在超市门口遇到浦昭和白一南，

打了招呼:"哥,你怎么在这里啊?"

"嘟嘟离家出走了,我们两个在找呢。"

诺一猛地反应过来原来那个臭小子来俱乐部蹭吃蹭喝是因为没有地方可以去,他拍拍浦昭的肩膀:"不用找了……"

他的话还没说完就听见白一南的一句:"丢了?"

浦昭惊恐地看着诺一,诺一连忙解释:"不是,嘟嘟在俱乐部的休息室,他今天去找我姐了,我姐和林霍没有时间就打电话给我让我照顾嘟嘟,你看我刚买的哈密瓜冰激凌就是给嘟嘟的。"

"那就好,浦昭,我现在可以去吃东西了吗?"

"浦昭哥,你们不会一天都没吃东西吧?"

浦昭颔首。

诺一叹了口气:"早说啊,前面有家便利店,煮个泡面先吃点,我让老爹晚上给你们做点儿好吃的。"

两个男孩坐在便利店里大吃特吃,诺一暗暗心疼,还好他从小不是个爱计较的孩子,不然按照林霍和柚一的脾气估计还没等他跑就先挨揍了。

"嘟嘟因为什么事情离家出走?"

"他妈妈和爸爸都定居在国外,一开始以为只是需要去小住,但现在得到通知是需要长期居住下去。他妈妈舍不得嘟嘟,想把嘟嘟也带到国外去,但是嘟嘟不乐意。"

诺一拿着牛奶深深吸了一口:"去国外啊,确实会闹脾气,毕竟也不是坐车几个小时就到的地方。"

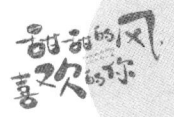

"全家人现在都很头疼。"

诺一点点头,低头看到自己身上的衣服,想起自己早上因为没找到衣服,穿了柚一挂在阳台很长时间的男士运动服:"对了,哥,我今天早上急着出门就穿了你的运动服,我姐挂在阳台上很长时间了。"

浦昭瞥了一眼诺一身上的衣服,颔首:"嗯。"

"吃饱了就跟我回俱乐部吧,我姐这个时候差不多也要结束训练了,你们两个这几天是不是都没有联系啊?"

"我害怕打扰她训练,都不敢给她发消息。"

白一南咂嘴:"这就是你不懂女孩子了,她们即便很忙也希望你一条接着一条地给她们发消息,这样证明你关心她。"

诺一拼命地点头附和着白一南的观点:"我姐就是这么认为的,她一度怀疑你是不是不喜欢她了。"

"这么复杂吗?"

白一南和诺一异口同声地回答:"就是这么复杂的事情。"

三个人回到俱乐部时发现嘟嘟因为吃多了酒心巧克力而呼呼大睡,柚一给嘟嘟披上薄被,看向浦昭:"你吃饭了没?"

"吃过了,嘟嘟没有打扰你吧?"

"我没事儿,回去别训他。嘟嘟今天哭了很长时间,我看他身上也有伤口简单帮他处理了一下,你回去再检查一遍,如果还有别的伤记得带他去医院检查一下。"

"好，我知道了。"

诺一抱着嘟嘟放在浦昭的背上，浦昭临走时抓着柚一的手不放："走吧，送我上公交车。"

"好。"

两个人很僵硬地走在一起，两个人都不说话，全程只听见呼吸声。

"我听诺一说你这几天好像因为我变得有点不开心……"

"没有。"

浦昭停下脚步望着柚一："我第一次谈恋爱，哦，也不是第一次，我和楚柯桐在一起真的不算是谈恋爱。很多事情我不知道该怎么表达，也不知道该怎么维持这段关系，我唯一知道的就是我很喜欢你。"

"我知道。"

"你不知道，你不知道我忍耐得有多辛苦，我害怕我会成为你的软肋，所以我努力不去打扰你，但好像还是做错了。"

"车来了，不要想太多，晚安。"

回到俱乐部的训练场，林霍叫来柚一坐在一起聊天。

"你这是在我成功的路上设置了绊脚石。"

"你又不差这么一会儿工夫，坐下吧。"

柚一盘腿坐在林霍身旁，眼睛看向窗外的霓虹灯。

"浦昭那孩子我觉得挺不错的。"

"什么啊？"

林霍望着柚一："你是不是觉得如果自己陷入感情当中就会出

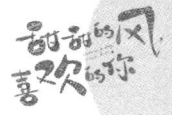

现被别人找出弱点的机会?"

"嗯,是,我害怕。我真的很害怕自己的弱点暴露出来,就像前阵子发生的事情,我害怕我成为别人的软肋,也害怕别人成为我的软肋。"

林霍在柚一的额头上弹了一下:"你啊,就是想太多了,人哪有那么多软肋可寻?"

"我这不就是害怕吗?"

"那孩子是真的挺不错的,谈吐修养都不错。"

柚一想了一会儿回答:"嗯,我知道。"

"所以别咯噇你的感情,年轻时谁不去谈几次轰轰烈烈的恋爱啊,一定不要让自己后悔知道吗?"

"嗯。"

"浦昭是很了解你的,他在用你喜欢的方式去爱你,这是十分难得的。我知道你担心的是什么,人生的决定是很难预测标准的,作为长辈我不反对你们在一起,所以别辜负他。"

"我怎么觉得你更像是浦昭派来的说客呢,你是娘家人,不可以站过去。"

"有一说一,我是公平的。"

"知道啦。"

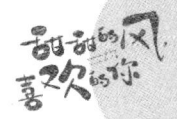

射击比赛的复赛即将开始,柚一将自己封闭在射击俱乐部和休息室的两点一线里,林霍担心柚一的身体吃不消,变着法地给柚一做营养餐。

"柚一,你看,这是你最爱吃的八宝饭。"

"老爹,你这是偏心。你不是只有一个孩子,我也是你的孩子啊,我也要吃八宝饭!"

林霍打了一下诺一的头:"我平时背着柚一给你吃的东西还少吗?"

"就是,就是。"柚一连连点头。

"那不一样,我也要吃八宝饭,我也要吃南瓜饼,你给你的柚一吃都不给我吃。"

"你吃啊,不就放在桌子上吗,吃呗。"林霍说。

诺一瞥了一眼护食的柚一,吞咽着口水:"偏心!"

"我对你们都是公平的,你要是下次也进决赛,我也给你做。"

诺一气不过,往嘴里扒饭,怨气滔天地盯着林霍和柚一。

除了林霍每天特制的营养餐外,最让他气愤的就是,浦昭也会在闲下来的时候带着好吃的东西来俱乐部陪柚一训练，而那些东西他连碰都不能碰。

浦昭一如既往地按时来俱乐部等柚一训练完出来见上一面。等待的时间里，他就帮着林霍打理打理花花草草，他多来几次，林霍养的花就多开几朵，每天一进门就能闻见扑面而来的花香，林霍的射击俱乐部眼看着就要变成花园了。

林霍见两个人别扭的相处方式，开始点拨浦昭。

"孩子啊，柚一是慢热型的，所以你需要慢慢地诱导她，让她感受到你的情绪啊。你每天是高兴的还是不高兴的都是需要相互说的，另外就是要纠正她的不良嗜好，天冷不可以吃冷的东西，她杏仁过敏是碰不了的，还有她讨厌香菜和胡萝卜……"

浦昭拿着小本子边听边认真记录。

凡事说再多都不如亲自实践，柚一休息时间从训练场刚走出来就见到浦昭拿着湿毛巾等在门口。

"手！"

柚一奇怪地盯着浦昭，伸出手。浦昭仔细用毛巾给她擦手，擦完又端来一杯热水递给她。

"训练怎么样？"

"还可以。"

浦昭回想着林霍交代的话，脑子里回放着他的话语模仿着："你是有实力的，努力就可以了，不要过分担心别的事情。"

柚一错愕地望他："浦昭，你还好吧，你的语气好像老林上身了。"

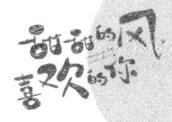

"啊,还……还好吧。"

"是不是老林教给你什么莫名其妙的东西了?"

"没……没有,哈哈哈……"

他边说边往口袋里塞什么东西,被眼尖的柚一发现,一把拽了出来。上面密密麻麻记录着她喜欢的东西,她讨厌的东西,还有老林用他的经验反复强调的事情。

"这是什么啊?"

"没什么,你还给我吧。"浦昭起身去抓却扑了个空。他的脸颊变得红扑扑的,像一个熟透的苹果。

柚一起身往浦昭脸颊上浅浅印下一个吻:"辛苦了。"

"不辛苦。"

柚一拍拍自己旁边的位置,浦昭坐过去,她靠在浦昭的肩膀上:"我想了很久,终于想到怎么回答你了。"

"嗯?"

"就是上次你跟我说的那些话,我也是第一次学着怎么去喜欢一个人,步履可能真的很笨拙,心情也很焦虑。不过,我喜欢的事情是改变不了的,所以你要坚信我对你是认真的,至于我们要用什么样的方式在一起这个问题我没有想好,两个人都舒服这样就可以了。"

浦昭的头也靠在她的头上:"好,我是真的好累,叔叔跟我聊了好长时间,我都认真地记了下来,生怕疏漏了。"

"辛苦,辛苦。"

"不辛苦，在喜欢你这件事情上做什么都不觉得辛苦。"

两个人聊了一会儿林霍就来通知柚一准备回去训练，柚一起身拿起林霍手里的手枪拉动保险，转身对准浦昭就是一枪。浦昭盯着外套上吸住的小彩旗用手拔下来仔细一看，上面写着：恭喜晋级！

"这是什么？"浦昭捏着小小的旗子问她。

柚一拿着枪戳戳下巴："我和老林打了个赌，如果你学了老林给你支的招儿，他就赢了；如果你考虑我的意见放弃他的招数，我就赢了。但是最后你的选择让我们两个都有料想到，所以就考虑给你转正了。"

浦昭没说话，一直望着柚一。柚一以为是自己的玩笑有些过分，走过去想要道歉的时候却被浦昭紧紧裹在怀里："现在你跑不了了吧，还以为我失败了，万幸，万幸。"

柚一从他的怀里探出头来："难不成是我准备的题太简单了，要不再来一次？"

"不要。"

"再来一次吧！"

浦昭摇头："不要。"

"咳咳……"林霍站在一旁看着两个人，老脸一红，"柚一赶紧去训练了，在这儿浪费什么时间！"

成功化身林霍准女婿的浦昭担起柚一饮食起居的责任，不受宠的诺一更加觉得家里没有他可以待的地方了。

诺一无奈地呼唤着他的好伙伴："嘟嘟在哪儿啊，我现在只能

和嘟嘟相依为命了。"

"嘟嘟现在在上英语口语补习班,才没有空儿搭理你呢,往那边去点儿。"浦昭拖着吸尘器在俱乐部里打扫。

"嘟嘟已经决定了?"

"对。"

浦昭换到另一边的地面,诺一又转到他面前问:"没反抗?"

"没有,还很开心。"

诺一最后的希望彻底破灭,仰天长啸:"天啊,谁能过来救救我啊?"

林霍端着切好的水果路过诺一身旁,扔了一瓣橘子到诺一嘴里:"把嘴闭上,一会儿柚一听见你就惨了。"

"苍天啊……这橘子好甜啊,老爹再给我一瓣。"诺一嚼嚼橘瓣,追着林霍去讨橘子吃。

射击复赛因为没抢到位置,林霍等人只好在赛场门口看直播等待比赛结果,当裁判宣布柚一获得冠军的时候,三个大男人差点跳起舞来。

"赢了,赢了!"

"我的苦日子终于要结束了,我要吃八宝饭!"

比赛结束之后,柚一主动去恭喜楚柯桐晋级,楚柯桐也同样恭喜她,并说自己对姜柚一心服口服。

"我,姜柚一最擅长的就是治各种不服,你不服我也没办法。"

楚柯桐笑了笑:"我输给你的不只是比赛还有感情,当时我在学校里也算是个呼风唤雨的人物,偏偏浦昭就是不喜欢我,我缠了他很长时间,估计是被我弄烦了才同意跟我在一起。但在一起后浦昭的眼睛里放着的还是嘟嘟和白一南,丝毫不在意我的感受,我就提出了分手。我当时发誓一定要看看这样一个把谁都不放在眼里的男生会喜欢什么样的女生。"

柚一呆呆地看着她笑:"感情这种事情嘛,不是那么好控制的。"

"我以为我们只是赛场上的对手,但我不得不承认,你确实方方面面都比我厉害。"

柚一走过去抱了抱她:"这个拥抱就是想安慰你一下,别想太多,进了专业的射击队我们的路还长着呢。"

"很高兴遇到你,如果我们是朋友的话就更好了。"

柚一听到楚柯桐的话吓得收回了手,小声嘀咕:"当朋友还是算了吧,我可能承受不了你的摧残。"

送走了楚柯桐,柚一小跑着去寻找门口等待结果的几个人。傍晚的天空是淡紫色的,她借助光亮找到三个蹲在楼梯上的人。

"老爹,这次柚一赢了比赛是不是很感动?"

"挺感动的,这丫头终于为争气了一回。"

浦昭拿出纸巾递给林霍,安慰道:"您辛苦了。"

柚一看了好一阵子也没明白这三个人在干什么,走过去准备一探究竟的时候三个人忽然跳了起来:"柚一!"

"恭喜,恭喜!"

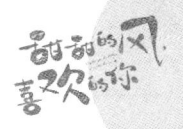

"恭喜，恭喜，恭恭喜喜……"

柚一面无表情地戴上羽绒服的帽子装成不认识这三个人的样子准备离开，却被三个人连拉带拖地拽了回来加入他们的庆祝仪式里。

准备回去吃大餐的柚一接到嘟嘟的电话和浦昭去赴约，赶过去的时候见到了嘟嘟的父母。柚一赢了比赛，嘟嘟也答应父母的安排，准备出国。两件事情碰到一起，柚一不知道是该高兴还是该难过，吃过饭两个人散步回家说起嘟嘟的事情，柚一有些舍不得嘟嘟。

"为什么舍不得？"

"嘟嘟多么可爱啊，是个小开心果，那么讨人喜欢，他离开我当然会舍不得啊。"

浦昭甩开柚一的手气鼓鼓地说道："那你去找嘟嘟当你男朋友吧，我不当了。赶紧打电话给嘟嘟，让他别走说不定还能挽留回来呢。"

"不要闹了，都多大了！"

"那你到底是喜欢嘟嘟还是我？"

"都喜欢，都喜欢。"

浦昭气呼呼地丢下柚一往前走了两步又停下转身问她："你的小可爱都跑掉了，给你五秒钟赶紧追回来。"

柚一朝他跑过去，扑进他的怀里，两个人站在路灯下傻乎乎地笑。

回家的路上，浦昭拉着柚一的手摩挲着她手上的老茧有些心疼：

"这双手看起来还真让人心疼。"

柚一笑着用手撑开他紧蹙的眉头:"这是我荣誉的象征,如果真的心疼我,就多喜欢我一点吧。"

浦昭认真地点头,伸手握住她的手放进自己的外套口袋里:"我会说到做到的。"

柚一看着眼前这个呵护她周全的男孩子,不得不承认,他从来不是她的软肋,而是支柱,一根支持她去冒险的支柱。

本书由有三委托长沙大鱼文化传媒有限公司正式授权花山文艺出版社,在中国大陆地区独家出版中文简体版本。未经书面同意,本书的任何部分不得以图表、电子、影印、缩拍、录音和其他手段进行复制和转载,违者必究。

大鱼文化 & 小花阅读
面向全国招聘兼职签约作者
长期有效哦！

公司介绍：

　　大鱼文化是中国一线青春文学图书策划公司，多年来与数十家国内出版社深度合作，每年向市场推出三百余个品种的青春类畅销图书，每年签约推出新人作者近百名。

　　其中公司子品牌"小花阅读"立足传统纸质出版，引导青年休闲阅读风向，主力打造和发掘新人创作者，采用编辑指导创作模式，创作出适合市场的优质阅读产品。

　　现面向全国各高校招聘兼职新作者。

我们的工作说明：

　　还未毕业？有其他正式工作？看清楚了，我们这次招的就是兼职！
　　从未有过发表史？国内一线青春编辑亲自教你点滴成文！
　　想要出版一本属于自己的图书？国内一线出版公司专业签约护航！
　　想要一份收入稳定岁月静好的兼职工作？做做白日梦写写小说最适合不过。

兼职的要求及待遇：

　　年龄不限，学历不限；爱看小说，想要创作。
　　每天只要 2~3 个小时，日过稿只要三千字，宅在室内，风雨不惊，月兼职收入不低于三千元！

我们需求的题材： 清新恋爱，青春校园，都市言情，甜宠萌文，古风言情，悬疑推理，奇幻武侠，科幻冒险……

应聘的流程：

　　1. 上网下载一份标准简历模版，按自己的真实情况填写。
　　2. 自行构思一个自己最想创作的长篇故事内容，撰写三百字内容简介，将故事分为 12~20 个章节，每个章节用 100 字以内说明本节讲述的主要情节（内容简介和章节内容加起来不超过 2000 字）。
　　3. 将上述内容用 WORD 文档整理好，格式清楚，一起发送到以下邮箱：dayuxiaohua@sina.com （两周内百分之百回复，如两周内未收到回复则可视为发送途中邮件丢失，可再次投递）。
　　4. 简历和创作大纲如有合作可能，公司将于两周内派出专业编辑一对一联系，进行下一步沟通，指导创作、签约等流程。如暂时不符合合作条件，则可再次努力。
　　5. 一经签约，作品将按国家出版规定签订标准出版合同，成为正式出版物，所有程序遵守国家法律法规要求。

其他说明：

　　了解大鱼文化图书产品风格类型，有助于提高签约成功率。

了解途径：

　　公司产品广布于全国各大新华书店青春文学专架、全国各大网络书城、淘宝大鱼文化图书专营店及各大天猫书店
　　微信公众号 **"大鱼文学"** 和 **"大鱼小花阅读"** 均有签约作者作品试读。
　　关注新浪微博官方号"大鱼文学"，有每月产品即时消息发布。

图书在版编目（CIP）数据

甜甜的风，喜欢的你 / 有三著. -- 石家庄：花山文艺出版社，2021.1
ISBN 978-7-5511-5372-0

Ⅰ. ①甜… Ⅱ. ①有… Ⅲ. ①长篇小说－中国－当代 Ⅳ. ①I247.5

中国版本图书馆CIP数据核字(2020)第207195号

书　　名：	甜甜的风，喜欢的你 TIAN TIAN DE FENG,XIHUAN DE NI
著　　者：	有　三
统筹策划：	张采鑫
特约编辑：	娄　薇
责任编辑：	董　舸
美术编辑：	胡彤亮
责任校对：	卢水淹
装帧设计：	Insect　西　楼
封面绘制：	小石头
出版发行：	花山文艺出版社（邮政编码：050061） （河北省石家庄市友谊北大街330号）
销售热线：	0311-88643221/29/35/26
传　　真：	0311-88643225
印　　刷：	长沙鸿发印务实业有限公司
经　　销：	新华书店
开　　本：	880×1230　1/32
印　　张：	9.125
字　　数：	183千字
版　　次：	2021年1月第1版 2021年1月第1次印刷
书　　号：	ISBN 978-7-5511-5372-0
定　　价：	36.80元

（版权所有　翻印必究·印装有误　负责调换）